素年锦时

庆山

著

北京联合出版公司
Beijing United Publishing Co., Ltd.

QING SHAN

图书在版编目（CIP）数据

素年锦时 / 庆山著. -- 北京 ： 北京联合出版公司，
2021.9（2024.3 重印）

ISBN 978-7-5596-5422-9

Ⅰ．①素… Ⅱ．①庆… Ⅲ．①中篇小说－中国 －当代
②散文集－中国－当代 Ⅳ．① I247.5② I267

中国版本图书馆 CIP 数据核字（2021）第 136683 号

素年锦时

作　　者：庆　山
出 品 人：赵红仕
责任编辑：龚　将
封面设计：吴黛君

北京联合出版公司出版
（北京市西城区德外大街83号楼9层 100088）
北京新华先锋出版科技有限公司发行
大厂回族自治县德诚印务有限公司印刷　新华书店经销
字数186千字　620毫米×889毫米　1/16　15印张
2021年9月第1版　2024年3月第4次印刷
ISBN 978-7-5596-5422-9
定价：49.00元

「目 录」

冬——世间。情分。相持。

1

秋——白茶。清欢。无别事。

夏——大端。两忘。捕风捉影。

春——月棠记。

「冬——世间。情分。相持。」

大　宅

那一天在梦里，见到旧日南方家乡的大宅，青砖黑瓦，白墙高高耸起。有古老石雕的壁檐缝隙，生长出茁壮的瓦松和仙人掌。宅子内光线阴暗，木楼梯窄小破败。一排排房间纯为木结构，墙壁、地板、门、窗，是被梅雨和霉湿侵蚀成暗黄色的木板。屋顶开着阁楼式尖顶天窗，叫老虎窗。屋檐下有燕子筑巢，黑色鸟儿不时迅疾低俯掠过。窗边竹竿晾晒满各式家常衣服。阳光明亮。孩童嬉戏的笑声穿过悠长弄堂。

这样的旧式建筑，以前是大户人家的住宅，后来被占据公用，里面住满各式家庭。大多数家庭没有独立厨房和卫生间。马桶放在卧室里。共用厨房，家家户户煤炉和煤气灶集中一起。那些房子，在小时候的我看来，如同迷宫一般神奇诡异。走廊曲折漫长，厨房光线幽暗，只有高处一扇小玻璃窗能照进来西落阳光。房间一间隔一间。打开一扇门，里面是别人家卧室或客厅。老式家具和橱柜发出暗沉光泽，三五牌台钟有走针声音，布沙发上铺着手工钩针编织的白棉线蕾丝。有些人家有四柱大铸铁床，顶上铺盖刺绣布篷，如同一个船舱，十分安全。

房子住得小，密集程度高。公共生活如同一个舞台呈现无遗。所有家庭拥挤在同一空间里共存，做饭洗衣，刷洗马桶，夫妻吵架，小孩哭闹，全都听得见、看得清。每一家的喜怒哀乐，如同他们晚餐的内容，无法成为秘密。生活简易。但南方人家的整洁和喜庆，在柴米油盐一举一动之间，散发出丰饶热气。日日安稳度过小城四季。

　　木地板每天用清水拖一遍，逐渐褪成灰白色。饭食精心择选烹制。男子外出工作，妇女缝补煮洗，孩子们成群结队游玩。花草种得用心繁盛。四处攀缘的牵牛花，清香金银花，烂漫茶花和蔷薇，凤仙与太阳花在墙根开成一片。它们都是结实的花朵，点缀平常院落破落门庭。有人在瓦缸里种荷花，到了夏天，开出红艳艳硕大花朵，芳香四溢，着实令人惊心。用来储备雨水的暗黑水缸里有金鱼，养得肥大撩人，不发出声息。

　　秋日有白色蟹爪菊在绿叶中绽放，朵朵硬实，不知哪户人家，养菊如此爱宠。我与小伙伴们玩捉迷藏，在潮湿的大院子里穿梭，只看到诡异白花在昏暗光线中浮动如影，细长花瓣顶端隐约的阳光跳跃，是高墙西边照射进来的落日。那景象留在心里，好似无意之中纳入胸襟的红宝石和珍珠，熠熠闪光。而我不知不识，未曾为这繁华富丽心生了惊怯。

一条河

宅子连接一条暗长弄堂。弄堂被两扇大木门隔离，自成一个世间，保护宅子内隐秘生活。木门之外，是一条东西贯穿的马路。路的南面原先有一条大河。我未曾了解过这条河的历史，也从不曾见过它。它在我出生之前大概就已被填平，从未有人说起。但我经常想象它的旧日模样：河流纵横穿梭，家家户户水边栖住。打开后门，取石级而下。在水中淘米洗菜浣衣。空气里充溢水草浮游的清淡腥味。船只来往，人声鼎沸。两岸南方小城的市井生涯如水墨画卷悠扬铺陈……只是所有关于这条河的声响、气味和形状，失散流尽。唯独留下它的名字。邻近的这条马路以河的名字命名。

在被填塞掉的河流之上，建立起菜场集市、电影院、专门上演戏剧的舞台，使那里成为人挤人闹哄哄的集中地。人们闲暇时，看场电影，看一出戏，散场后在馄饨店里吃碗热腾腾漂浮着新鲜葱花的小馄饨，便觉得欢愉。南方人总是有一种格外厚实的世俗生活欢喜劲头。他们容易故意疏忽生活底处所有阴影的层面，也无视命运的流离。是十分坚韧的生命态度。

马路两边栽有巨大法国梧桐。树干粗壮，多个孩子伸直手臂才能围抱起来。树荫搭起深绿的枝叶凉棚，树影憧憧，夏天不显炎热。石板地人行道的缝隙里，长出茁壮野草。麻雀一群群起落不定。孩子们的童年必然和大树相关。在院落马路边捉迷藏，绑上橡皮筋跳跃游戏，在树下泥土里翻看蚯蚓和蚂蚁，捕捉蟋蟀知了，偶尔还会捉到大螳螂和金龟子。这些小昆虫令人雀跃兴奋。夜晚的梧桐树，在月光下又有另一种清凉寂静，在树下与人说话，声音都会与白日不同。在粗粝树皮上用手指写下心里的话，是一种秘密。

夏天，院子里的人家，把桌子搬到马路边人行道上。先倾洒清水扫除尘土，然后在树下支起简易桌子，一盘盘放上炒菜。螺蛳、海瓜子、蛏子、淡菜、霉干菜河虾汤，咸鸭蛋切成两半。一边乘凉一边喝酒，大声聊天，笃定悠闲吃完这顿露天的晚饭。深夜时分，依旧有人躺在藤长椅上休憩。树枝间垂落清凉露水。台风过境之后，街道两旁堆满被风刮断的树枝，断裂处散发辛辣清香。每年有人来修理树枝，喷洒药水，精心修护它们。人与树木共同建立起来的空间，息息相关，密不可分。

食　物

临街一楼都是小商铺，一个一个铺面紧密排列。母亲开了一家刺绣铺。下午时工作劳累，便会找出零钱，让我拿着大搪瓷杯去买西米露和绿豆汤。

冷饮店柜台里面，一只只搪瓷碗整齐陈摆，盛着冰冻的食物。付钱，取票，穿白围裙戴白帽的国营店服务员，会一样一样取出来。空气里有一股甜润清香。店里人总不是很多，院里孩子为了省钱，宁可去附近冷库取零碎冰块回来，凿碎了放在碗里，放上醋和白糖，也觉得酣畅。吃冷饮算是奢侈的事，毕竟是零食。只是母亲懂得宠爱自己与孩子。

有一种橘黄色小块，别人随口叫它甜力糕，用勺子挖下来吃，带有弹性，后来知道是咖喱。冰激凌也是有的，挖下一个圆球，甜腻诱人，只是舍不得吃。最常吃的是西米露，白色小粒子混杂冰屑，咬在嘴巴里有一股冰凉韧性，带着牛奶香味。成人之后，总不明白自己在超市里，见着西米为何流连忘返，原来它是童年的食物。其实也未必见得美味。人所习惯且带有感情的食物，总是小时候吃过的东西。

卖油条烧饼粢饭糕的店，从早到晚，都有人站在炉子边围着油锅忙碌，热火朝天。糕团店悠闲一些。各式传统制作的点心大部分是冷的，比如艾草青团、金团，散发着一股清凉糯实的气息，并无烟火气。午后卖一种龙凤大包，热的白面馒头，猪油白糖桂花捏在一起做馅儿，蒸熟后融成一摊甜腻芬芳的油，烫在舌头上。更是偶尔才吃的东西。一般都是买了孝敬老人的生日，每次吃到就觉得如同盛宴。

人　情

　　南方那种与自然和群体关系密集的居住结构，让生活十分便利，并使人保持对季节以及细节的兴趣。那时他们做什么都是喜气的，即使喝一碗绿豆汤，也会由衷地赞不绝口。对食物有着格外细腻热诚的心意。母亲买应季的食物，螃蟹、虾、贝壳都是生鲜的，何时吃笋，何时吃鲥鱼，喝何时的茶叶，吃何时的稻米，都有讲究。邻里亲戚走动，也是拿着最时鲜的食物。刚挖出来的一口袋土豆，刚摘下来的一篮子当地水果，慈溪的杨梅、奉化水蜜桃或者黄岩蜜橘，几只鲜活的鸡鸭。

　　所有的食物显得喜气洋洋，情意十分充沛。

　　童年时，觉得身边的生活并不是十分宽裕，感觉却比现在丰足。人们收入不高，物资也有限，但人与人、人与外界的联系如水乳交融。

　　后来大家比以前富足，城市格局发展，生活方式相应变化。公寓里的邻居很少会彼此相交一语。在窗户紧闭的空调写字楼里，面对电脑工作十多个小时，回家关上房门看电视，直到在沙发上入睡。城市商业中心楼群密布，植物稀少，看不到昆虫和鸟类。对季节和自然的感受力和敏感度下降。人一旦与群体和自然环境隔离之后，便会感觉十分不安，并且贫乏。各自隔离和孤独，已成为工业化城市的本质。

我在北京，母亲捎来礼物，始终只是食物。一竹笋水蜜桃，一包羊尾笋，一大袋海虾和白蟹，粗草绳捆扎的大青蟹，用盐水灼熟。寄来包裹，里面分装紫菜、虾皮、海蜇、笋干，每一包附上一张纸，写上具体食用和保存方法。这是旧式人的待人习性。现在很少见到人与人之间互相串门，互相分送食物。大家在公众场合里热闹聚会，一拍两散。有情意的礼物也是不屑送的。

而我那时，见到院落里邻居关系密切，几乎家家相识。童家阿娘是温婉大气的老太太。陆家伯母生了五个儿子，都在这个院子里娶的媳妇、生的孩子，后来陆续搬出去。倪家伯母的三个女儿，个个美貌，而且嫁得好，有一个去了香港。那在之前是了不起的事情。也有乖僻的。比如住在我家隔壁的一个女人，她离婚，独居，从不和周围的人说话。下班一回家就关起门，门里常有音乐声。后来她搬走，从房间里清理出大堆书籍和转盘唱片。印象中她见到谁都不笑，见到谁都不说话。她的生活方式显然提前二十多年，十分前卫。

母亲不是前卫的人。她情意充沛，到了五十多岁，还会提到二三十年前的邻居，尝试与他们取得联络。但她即使与这一切失去联系，也不会失去她在那个时代里形成的待人处世的方式，以及这种方式带给她的愉悦满足。这是那个时代的根基。是他们的源头。

消　失

　　差不多到我十二岁时，城市逐渐扩建改造。很多老建筑老巷子计划要被拆除，居民迁移到城市边缘的新住宅区，城市中心的马路两边留出来商用。旧宅拆掉，马路拓宽。人行道两边的老梧桐全部被砍光，粗大树木被一棵棵锯倒，拖走。马路以此可以扩大一倍。

　　现在那里成为一条宽阔平坦车来车往的水泥大路，路边种着细小树种。夏天太阳曝晒。两边耸立起高楼大厦。除了车流疾驶，人行道上很少有人走路。它不再是窄窄的树影浓密的柏油马路。古老粗壮的法国梧桐，麻雀，昆虫，院落，花草，停在晒衣架上的蜻蜓，热腾腾的豆浆铺子，密集热闹的人群，全部被冲刷得干干净净。是一张没有留下底片的旧照片。我只来得及看一眼，便失去关于它的所有线索。只能用记忆来回忆它。

　　一座在唐朝获得历史的小城，如同经历过重重世事的老人，自有一种端庄郑重、百转千折的气质。在年岁渐长远走他乡之后，我似逐渐懂得它。但当我能够懂得它的时候，它已不是旧日的它。它的青苔幽幽，流水潺潺；它的白砖黑瓦，樟木香气；它的窄长石巷，昏暗庭院；它的万物无心，人间情意。即使是一座古老的城市，人的意志依旧可操纵它的形式。迅速地推倒，轻率地摧毁，笨拙地重建，低劣地复古。

　　人群生活的历史在绵软纸页上呼吸，生息。留下建筑、文明、生活方式、内心信念，又逐渐被从发黄暗淡的纸页上抹去，丢弃。如同大群蚂蚁小心筑巢，更大的动物过来便扫荡一切。人为建设和营造的一切，凡此种种，终究不能存留和久活。

新的城市出现。旧的城市消失。有些人曾记得它的旧模样，有些人还记得一点点，有些人将完全不知道。他们被断绝与这座城市历史之间的关系，断绝与它的优雅和信念的关联。他们仿佛是孤儿，没有养分，生活在一个崭新的重新开始历史的城市里。它显得富足、干净、体面，只是和过去断了联系。包括它与传统精神支撑之间的关系，一刀两断，粗暴得没有任何留恋。推倒一切，改造一切，仿佛一切亦可以重新开始。下手果决。

一切都是新的。与以往没有任何关系。它们在荒漠上建立起来。新的人面对新的世界，只有蓬勃野心，没有风月心情。

池　塘

我幼时，是个害羞敏感的女童。家里来客人，就躲起来，从来不主动叫人。被指派要叫人，也不叫。就是不能开口。喜欢对着镜子，在头上披挂母亲的纱巾，裹起长裙，模仿越剧里的花旦，向往她们头上插的花，身上穿的裙装，向往那种美丽。但那也只是出于一种幼年审美的趣味，显然不是真实性格里的全部。

对有些事情有特别的抵抗。母亲试图让我躺在她的腿上，把脸仰在水盆上面，为我洗头，每次我都大声尖叫，抵抗极为激烈。因为觉得这样做会被淹死。但这纯粹是一种因为敏感而被放大了的幻觉。不喜欢哭，但却顽固。要什么东西，做什么事情，厌恶什么，或喜欢什么，都会一直执拗下去。感情太过分明执着。

经常与院子里的孩子打架。有时是别人把我的鼻血打出来。有时是我打了别人的头脸，别人家父母找上门来讲。母亲此刻会袒护我。但她自己年轻的时候，脾气暴躁，也经常打我。她打我是不手软的。我的性格总有倔强别扭之处，不是乖顺的女孩。

不常与同龄的女孩子一起玩。成年后也是如此，能够交流的朋友，大部分是男性。第一个朋友是父亲。之后，是那些与之恋爱的男子，也许是阶段性的有交往深度的朋友。我欣赏来自男性的能量、性格和智慧，不喜欢太为女性化的女人。略微有些邋遢和中性的女子，似乎更具备质感。又不喜对别人直接表达自己的情绪与感情，相处总有疏离感。

更多的时候，独自玩耍。在祖母家寄养，房子后院有个大池塘。夏日午后，蝉声嚣叫，我一般不午睡，精力充沛，偷偷溜出家门，在池塘边玩耍嬉戏。野草繁杂，红色蜻蜓成群飞舞，杨柳搭出绿荫，小小天地，好不热闹。一直逗留到暮色弥漫，空气逐渐清凉，浑身沾满湿热的汗水，依然不知道归处。隐约有人在户外叫唤，才穿过潮湿腥气的草丛，回家去。头发上沾着碎花瓣，膝盖上带着被硬叶片边缘划伤的细小血痕。手心里捏着水滴。也不觉得自己孤单。

游　戏

夏日午后，从二楼下楼梯，到对面的大厨房。大院子对面楼上的住户，因为距离不是很近，所以有些不是特别相熟。其中有个男孩，与我同岁，印象中记得他皮肤很黑，睫毛很长。母亲制止我与睫毛长的孩子玩耍，她觉得睫毛长的人，十分娇气计较。他们容易动怒，脾气不好。

他在楼下见到我，说，去我家玩。我说，好。就跟着他去。我们穿越迷宫一样的走廊和楼梯。他的家在走廊尽头。他与我熟悉的其他伙伴不同，他们有时会害怕把家里弄乱，受到大人责怪，所以缩头缩脑。这个新伙伴，很是大方，拿出所有玩具铺到床上，我们便十分尽兴。玩着玩着，注意力由玩具转移到彼此的身体上。两个人像小兽一样彼此纠缠，厮打。用手抓着对方的手臂、头发、肩膀，要把对方扑倒。现在想起来，这个玩法很接近两只小猫的互相打闹。我们也是如此，彼此闷声不响，一鼓作气，肆虐行为暴力。最终他骑到了我的背上，把我的双手反扭起来。就此告终。

我回到家的时候，满头大汗，辫子都散了。脖子上有指甲划出的伤口。母亲询问，我说一直在跳橡皮筋。那时大概是五六岁。

隔一两天，又独自去找他。每次穿越那个光线阴暗气味潮湿的大厨房，往高高的木楼梯上面爬，心跳格外剧烈。大概自己也知道这是一件被大人知道会受责怪的事情。我们的游戏，彼此之间距离过于靠近。但我喜欢人与人之间这种完全撤销距离的接近。它带有危险和禁忌，支持明确的存在感。是一种暴力，一种制伏。

大概一两周之后，暴力游戏自动停止。很快开始上学。我们都是七岁上的小学，我几乎没有进过正式的幼儿园。搬迁之前，会偶然在院子里碰见他，他越长越高，皮肤依旧很黑，长睫毛阴晴不定。彼此见到面，始终一句话都不说。

外表热闹顽皮的孩子，他们的举动是频繁的，可预见的，因此力道不足，可以控制。但是外表沉闷的孩子，有时反而让父母措手不及。身边的人，不知道一言不发显得内向隐藏的儿童，背后到底有些什么。有时他自己也不确定，这火焰来自何处。只知道会突然爆发，或者蓄谋已久，做出一件极其隐蔽的逾越常规的事情。那只需要内心的一个指令。

喜欢跟能够让自己有向往之心的人交往，愿意为自己的好奇和禁忌斗胆冒险。那种天生的冒险和激越之心，有时候，真是十分可怕。

二十七岁之前，我身上那种兽的成分占据很大的作用。如果没有做到伤害，做到破坏，做到摧毁，就不够具备明确的自身存在感。如果试图分析自己的个性，追溯童年，性格里并存的切割面，也许是出生在高山围绕与世隔绝的村庄里，不断在乡村和城市之间回转抚养。没有单一坚定的价值观，缺乏可遵循的行为准则。在不同的人身边生活。也没有与人的稳定关系。

我给予身边人的负担，离奇乖僻都不是难题。叛逆时期，做过的一切事情，辞职，离家出走，以及与人之间来去迅疾的危险关系。这种与真实的生活联系在一起的行为，才是对生活本身做出的挑战。显得无知无畏。现在看来却又是必需。因之后人才能对命运敬畏和顺服。

兰 花

六岁时，与外祖父一起去山上挖兰花。带着竹笋筐、短锄、水壶，走过村子里鹅卵石铺就的小路，走过哗哗流淌大溪涧旁边的机耕路。一条石板桥连接溪涧两岸。边上有一棵大柏树，村里的人经常把死去的猫吊在上面。有时树枝上会吊着两三只，渐渐风干。过桥之后，是两条分岔的小路。一条通往东边，经过古老的土地庙，进入苍茫高山深处。另一条通往西边，那里是耕作的大片田野，种满茂盛的农作物。这一天是沿着东边山路走。

土地庙里有两尊小石像，木桌上供养水果和野花。香灰积累得很厚，可见经常有人来上香。小土地庙虽然简陋，但却显得静谧威仪。视野开阔，山风习习。春天，绿色树林之间遍地都是红色杜鹃花。只觉得这个位置殊胜，使周围场景显得井然有序，昌盛有余。

土地庙之后的山路高陡不明，通往层层叠叠的大山里面。山上除了我们两个，也没有其他人。外祖父背着笋筐，在路上没有说过一句话。他的大半生交付给土地和劳动，是沉默的男子。我尽力支撑体力，以便跟上他的脚步，只觉得那条山路漫长。此时已完全远离村庄和田野。

幽深高山森林，树木夹道的山间小径铺满厚厚松针。午后阳光蒸腾起松脂辛辣气味，鸟声偶尔清脆响起，如影相随。不知道走了多久，外祖父停下来，把水壶递给我，让我在原地等候。他顺沿没有路迹的灌木丛往底处爬。用手抓住杂草，小心挪动脚步，一点点下退。茂密绿草在风中摆动。他很快消失身影。

坐在山顶树荫下，阳光从松针缝隙里洒到眼皮上，点点金光闪烁。满山苍翠里，只听见松涛在大风中起伏，如同潮水此起彼伏。好大的风。格外湛蓝的天色蔓延在群山之间，白云朵朵。那一刻时间和天地似乎是停顿的、凝滞的。却又格外寂静豁然。

等了很久，外祖父从山谷底处爬上来。他的短锄沾了泥土，背后竹筐里装着刚掘下来的兰花。粗白根须裹着新鲜泥巴，细长绿叶如同朴素草茎，花苞隐藏其中，难以被分辨。他渐行渐远，寻找兰花的踪迹，又只采摘六七捆，内心清朗，一点都不黏着。采完就回转。

外祖母把这些兰花草种在陶土盆里点缀庭院，余下的分给邻居。顶端紫色生涩花萼翘立，不用晒很多太阳，放在阴凉走廊下，过几天花苞就绽放。浅绿色花朵不显眼，凑近细嗅，有沁人心脾的花香。令人心里通透。它们是这样地香，气味清雅，不令人带有杂念。只生长在难以抵达的幽深山谷，与世隔绝，难以采摘。却又丝毫无骄矜。

家里的人都爱兰。兰花的天性不会被复制和变异，也不与这个世间做交易。空谷幽兰，何其贴切。外祖父知道它们在哪里。年年春天，心怀爱慕走过远路，去故地拜访它们。这在我的心里留下印象。

童　年

外祖父在地里种番薯。收下来的番薯晒干切成白色丝状小条，上面有细碎粉末。收集起来，可以吃很长时间。番薯叶用来喂猪，外婆用番薯叶、南瓜和米糠喂养那只大猪。干柴烧完之后的炉灰还有着热力，把装着番薯干和红小豆的陶罐深埋进炉灰堆里，焐一个晚上。早上把陶罐拿出来，里面的粥温热但烂熟。放一勺白糖进去，把粥捣乱，经过咽喉入胃里，绵密妥帖。他们都爱吃得甜。

外祖母习惯早起。大概五点多天未亮，她起身在厨房和房间之间来回穿梭。她和那个年代的每一个农妇一样，勤劳周转，有做不完的家事。快过年的时候，尤其忙碌。把糯米磨成粉，做年糕，炒瓜子、花生和米花糖。所有的点心都自己来做，一屉一屉蒸熟。在春节常做的两种点心，一种是豆沙馅儿的糯米团，豆沙加了白糖和桂花，很是甜腻。团子表面撒着红色米粒，中心处染上红色，叫它红团团。还有一种是萝卜丝咸菜豆干馅儿，糯米层略有些硬，嚼起来更有清香。

临近春节的冬天早晨，外祖母早起格外忙碌。厨房里的火灶，干柴塞进去，火苗闪耀，松枝和灌木发出噼啪脆裂声音。由庭院里天井打水，倒进水缸的声音，鸡鸭和猪发出的声音，碗盘的声音，忙碌而迅疾的脚步声……种种声响，惊动一个寻常清晨。棉花被子是有些重量的，但很暖和。只有露在外面的脸庞冰凉。即使醒来也不愿意马上起身穿衣。躺在微亮的凌晨蓝光里，看着暗中火焰跳动的光亮，耳边交织这些热闹却不喧杂的声音，心里觉得无比寂静。又只觉得自己会失去这样的时刻。幼小的心里已有淡淡惆怅。

春天，种在庭院里的杏树开出花来。粉色花瓣撒落一地。夏初，栀子花一开便上百朵。到了盛期，把花采下来分送给邻居，摆在房间里，别在衣服边，戴在头发上，都是那么香。喷喷的香。酷暑午后，从院子里走出来，来到大溪涧边上。踩着清凉溪水底下的鹅卵石，小鱼小虾盲目地撞到脚背上。秋深天空蓝得格外高远，空气也清冽。而冬天夜晚的大雪总是来得没有声息。清晨推开窗，才惊觉天地已白茫茫一片。

大自然的美，从来都是丰盛端庄的。郑重自持。如同一种秩序，一种道理。

童年的我，有时躺在屋顶平台远眺高山，凝望遥不可及高高在上的山顶边缘，对它们心怀向往，渴望能够攀登到山顶，探索山的深处，知道那里到底有些什么。可当站在山顶的时候，看到的依旧是这种深不可测的神秘。自然给予的威慑，它的寓意从无穷尽。

一个孩子拥有在乡村度过的童年，是幸会的际遇。无拘无束生活在天地之中，如同蓬勃生长的野草，生命力格外旺盛。高山、田野、天地之间的这份坦然自若，与人世的动荡变更没有关联。一个人对土地和大自然怀有的感情，使他与世间保持微小而超脱的距离。并因此与别人不同。

清风桥

母亲出生的地方，是靠近海边的一个村庄。她在那里度过童年、少年，以及出嫁之前身为年轻女孩的时光。

我和母亲，有数次清明回去村庄。春天山野，空气清新，阳光明亮，气候略带寒意。山上的杜鹃、梨花、杏花、桃花，正值大片盛开。母亲带我去看以前的房子，顺着窄小鹅卵石街道，走到陈旧木楼前面。内部已面目全非。被新的主人当成储藏屋，堆满干柴和农用工具。但是母亲记得房子以前的结构，彼时她的祖母开小旅馆，她与弟妹们住在阁楼上，日子一样欢喜深浓。

《莲花》里面，内河的故乡儒雅，那些台风、集市、大海、渡船、洪水漫过街道的描写，来自母亲断断续续并不完整的回忆。她的口吻始终是愉快的，带着天真，自动过滤掉世间的动乱和贫困，只有一种充沛浓烈的情意。

村庄最主要的大街道，新铺过水泥，显得平整宽大。街道上空空荡荡。一家绸布店，卖旧式被面和缎料。一个老人在街边做饼，守着煤炉窝。黄狗慢慢跑向街头另一端。这是一条平淡无奇的被修整过的街。母亲说，这里以前是一条大河。水从大海分流出来，穿过村庄的中央。河岸两边住满人家，打开后门，就在河边洗衣服取水，真是热闹至极。这条大河，就是整个村庄的命脉。河上有一座石桥连着两边人家。那座石桥历史悠久，圆拱形，大块大块方正的青石铺垒。夏天，桥上凉风习习，人们铺张凉席就在桥上乘凉过夜。

后来乡政府决定围塘，把这个海边村庄彻底改造。他们沿海填田，铺平大河，拆掉石桥。于是，这个曾经热闹繁华的海船靠岸产品交易的村庄，随即冷寂下来。再没有大船停靠，没有人来交换物品，没有规模盛大的集市。没有了河。没有了桥。只有两个大桥墩还在。旁边立着一块石碑，记录这座桥被拆的历史。填河拆桥，被当作一个功绩在纪念。

母亲站在水泥地面上，看着白茫茫的前端，仿佛在眺望她童年时带来无限乐趣和生机的河。我的眼前浮现出那无限喜乐喧嚣与天地一体的河边生活。却再没有人会知道那座大石桥的形状。

它的名字，叫清风桥。

祠 堂

古老的祠堂，纯木结构，里面立着一个泥塑将军像。后来重新修补家谱，逐渐了解这个村庄居民的祖先，是一个王族的分支，从山西逃难到此地，繁衍子孙，并且用同声不同形的方法，改变了姓氏。所以这里的姓，在百家姓里找不到。这个山西的王抵达浙江，抵达层层叠叠的高山深处，最终寻找到一块傍山依水的土地。再往前走，就要抵达东海边，无处可逃。可见此地给予他庇护。

祠堂大戏台以前每年春节都演戏。唱戏班子在附近几个村庄里轮流演出，是极为热闹的盛会。包括晒稻场里的露天电影，也是如此。后来一律都没有了。童年时候，村庄里还没有电，家里点煤油灯。再后来，有了电，有了煤气，有了自来水。富有的人家把两三层高的小楼盖起来。鹅卵石小路成了水泥地。只有村口大溪涧的水搁浅和污脏，水不流动，到处堆满垃圾。后来水少了很多，溪底的大青石都被搬去盖房子或倒卖，一块都不剩。本来还能看到溪水边成堆被晒干的鱼的尸体。后来就什么都看不到。

它不再是童年记忆里从东边蜿蜒而来的大溪。哗哗流淌，清澈见底。女人们在水边洗衣，洗菜，孩子们游泳嬉戏，水里浮现游动灵活的鱼群。大溪曾是村庄的一条血脉，供出养分和活力，现在人们似乎不再需要它。干涸的溪水，如同村庄的现状。村里壮年男女都外出打工，只剩下老人孩子和妇女在家里。白日里空落冷清。

祠堂依旧保存着。华丽精细的木雕结满蛛网，残损却又栩栩如生，保有昔日宗族权力集中地的荣耀。戏台早已荒废。一堆年暮老人围坐着观看电视，打麻将，抽烟。昔日祠堂的热闹盛会，几近一场春梦，没有留下丝毫痕迹。

村庄富足起来，原先自成一体的静谧和丰盛，也被经济大潮冲洗荒废。走在以前举办集市的唯一一条街道上，旁边还未拆去的老房子墙壁有向日葵和伟人头像的雕刻，写着语录。战争、"文革"、市场经济，一样样都浸染到此地。唯一不变的，是周围寂然沉静的高山。它们依旧是古老的时代里，落难的王抵达此地的形状。他相信它们会给他庇佑，于是带着家人和随从下马停车，在此建立家园，开垦土地，种植庄稼，繁衍子孙。村庄就此产生和延续。

我与母亲，记忆中的村庄，都是一样。被时代的潮水反复而无情地洗刷。只留下断壁残垣。

图书馆

小学四年级，得到第一个图书馆借览证。父亲常去市立图书馆借书，给我也做了一个。他爱读书，偏向政治、经济和历史。也喜欢文学，订阅文学期刊。家里书橱底处的书，在黄梅天纸张潮湿，需要在有阳光的日子里晒干。干了之后留下淡淡发黄褶皱。书柜里总有一些皱巴巴的书。他爱书，我也喜欢看书。在图书馆里借书，从看民间神话开始，阅读唐诗宋词，又看世界名著。那时只有这样的书。没有二十世纪八十年代出生的人所痴迷的卡通漫画、校园小说。通通是没有的。

记忆中的市立图书馆是一个幽静所在。门口有高高门槛，夏天挂细竹凉席，冬日放下厚布帘。管理图书的人面容清瘦有雅气，从不大声说话。来此地的人，也是如此。这处古老的明式建筑，走廊阴暗迂回，尽头是围墙耸立的庭院，天井里种植两棵粗壮的蜡梅和玉兰。春天，玉兰开出大朵白花，淘气的孩子扔石头块上去，把大花打落下来，花瓣洁白瓷实，指甲尖划上去掐出浅褐色印痕，平白添了折损。这花其实并无用处，它就是兀自盛开着，气味诡异。又实在是一种高傲的花，禁不起把玩。

冬天，蜡梅树开花。圆粒小花苞密密麻麻，挨列在黝黑疏朗花枝上，半开或绽放。金黄色半透明的花瓣，像蝉翼一样轻微颤动。下过一场雪，花香在寒冷空气里更显凛冽。孩子们爱慕它，依旧想偷摘，折下梅花枝兜在怀里，悄悄带回家去。我从没做过这件事情。只记得每次走过，仰头看花树，心里敬慕得微微发疼。是孩童时的惊羡爱慕。它们都是开花时会掉光叶子的树。光秃秃的枝丫，衬托着花朵格外清高孤傲。

后来，这座图书馆和那些花树，全都消失不见。

旧　物

　　他去太原出差，在书店买了一本书，是指导少女如何正确对待自己的身体、心理、情感，以及要具备的礼仪。那时这样的书显得较有西方文明的意识，买的人尚不多。我十四岁。他在扉页写上赠语，回到家里，也不当面交给我。只是放在我的枕头边。这种含蓄是他的方式。

　　他也许始终把他的长女当作儿子在养。给予厚望期待我的人生。从小灌输的理念，是要努力有上进的心。这属于一个男子的价值体系和格局。如果他是一棵树，我与他的血缘，就如同树枝的分杈。他也许曾希望我能朝向更多人世的实际，我却趋向天空的另一边，是空寥的白云苍茫青灰天色。与其热闹着引人夺目，步步紧逼，不如趋向做一个人群之中真实自然的人，不张扬，不虚饰，随时保持退后的位置。心有所定，只是专注做事。但骨子里性格毕竟还是更接近男子，非常刚硬。

　　即使在我长到二十多岁，他还依旧叫我囡囡。这是江南人对女婴或女童的称呼，是宝贝的意思，带有溺爱的意味。一般叫到五六岁，肯定是不叫了。但是他从没有想过要改口。

　　出生证也是他整理保留的。纸片已发黄，上面用钢笔写着出生的年月日，孩子的名字，接生婆的名字。我在家里被接生，母亲难产。他把它塞进我小学三年级时用的一本红色塑料封皮日记本里，本子很小，大概十厘米的长度和宽度，封面上有一艘蓝色小帆船。用浅蓝色钢笔墨水写的字。里面并不整洁，东涂西抹，呈现惯有的不耐烦的跳跃思维。扉页上照例有郑重其事写着的自我勉励，正文里呈现的，却全都是一个天马行空的女童的内心。写歪扭的字，自己编诗作文。

那个日记本他时常说起。他保留着它，十分喜欢，经常翻看。如同他保留我婴儿时期的头发和穿过的棉衣，学校里的成绩单，被我丢弃的认为不够好的照片，诸如此类一切的种种……这些无用的过时的票据、纸张、文字、文本。这是对时间和往事的执意留恋。这样的留恋使他的感情深刻绵长容易受到伤害。

他去世后，我把他所保留的一切，大部分转移到自己身边。包括他的日记、旧衣服，以及骨灰。只是我后来开始不喜欢自己的历史，定期烧掉旧日的信件，清空电脑里的文档，也从来没有对别人倾诉的习惯。长年独立生活在异乡，习惯不能暴露软弱和困惑。那种暴露，对自闭的个性来说，是一种羞耻。除了书写。毫无疑问，书写给予人的内心另一个用以存在的空间。创造它们，又随时清空和抛置它。这样，才能觉得自己是分明而洁净的，也没有任何心事可以留给这个世间。

一个人若太具备感情，是会自伤及伤人的。的确如此。

锦 衣

一件织锦缎中式棉袄。菊花扣全部由手工扭制，丝棉夹层，衬着纯棉里布。暗红底子，朵朵深蓝牡丹和兰花，枝叶纠缠。这件衣服，母亲因为一直藏在柜子里，绸缎已经被压得失去光泽。领口内缝制的商标，绣着工厂的名字。她后来送给我，说，留下来做个纪念。这是二十年前，父亲的工厂缝制的衣服。

他是家里长子。祖母生他的时候，不过十五六岁，不懂得料理幼儿，给他洗澡擦身，无意把左腿拉重，关节渐渐畸形。到骨骼完全成形，要恢复已很困难。他不是没想过要动手术，但手术复杂，后来也就放弃。年轻时，只是走路稍微有些不顺。逐渐年老之后，一旦气候发生变化或者身体劳累，左腿就肿痛难忍，十分艰难。

他是天资聪颖有志向的男子。在高中成绩优秀，本可以保送大学，但因家庭成分牵累，只能下农村教书。祖父的错误貌似十分偶然，但人被命运摆布时，完全身不由己。总之，家里开始败落。祖父被派去修水库，孩子们都被送去农村。父亲显然并不想一直埋没在村庄里，唯一的所得，是在那里认识了我的母亲，并且有了他的第一个孩子。他的长女，也就是我。

回到城市之后，进入绣品厂工作。那本是一个安稳的闲职，但他很快自动辞职，给政府写信申请厂房，欲成立刺绣品工厂。写信的理由，是要解决郊区农村闲散妇女的就业问题。他出人意料地干成了这件事。有记者来采访，登上日报整版。那时还尚未出现下海的概念，大家都在本分地工作。他是个先行的人。他很勤奋，鼎盛时期，工厂产品输送全国各地区，并且出口。需要经常出差，走遍全中国大大小小城市。在大部分时间里是个工作狂。

总是很少在家里。工作繁忙，早出晚归。从不带我去看电影或上公园。在年幼时，我不具备能力懂得他，也不够爱他。儿童除了天生的依赖和需索，其实并不懂得爱别人。也许那时我更渴望拥有一个体格健壮、时间闲适的父亲，能带我上街买玩具，给予我更多关注。我对他有许多失望。这种失望后来与我对他的爱纠结在一起，成为我们彼此关系里黑暗的核心。

他喜欢旅行、阅读、工作。不嗜烟酒，从不娱乐，别无爱好。本质上他是个格局远大的人，有别于身边普通人，如果身体健康，可以做更多的事情。只是腿疾一方面束缚他的身体，使他精力被削弱，很多事情能够想到但不能充分去做，一方面难免影响心态和情绪。人在疾病或疼痛的时候，总是会郁郁寡欢、意志消沉。他身上负担的阴影十分沉重。

工厂最终由于被拖欠货款、大环境的起伏而衰落下去。父亲个性上的缺陷亦是其中因素。他终究还是一个厚道的商人。他结束了刺绣品生产，转换行业。这个工厂耗掉一个男子最为强盛的精力和时间，回报给他的更多是失落。是时代的波折，烙刻在一位顽强的男子理想上的印记。他所拥有的时代、出身和体格并未给予他太多机会。

他的一生，一直在试图超越命运的阴影带给他的压抑。像一个穿越森林却陷入沼泽的人，奋起之心格外激烈，挣扎的勇气，又实在是悲凉。我的父亲，就是这样一个男子。他试图冲出小我的躯壳，把自己放在一个博大的结构里面，那个结构包含他对宇宙、生命以及自己的人生的某种理解。他做的所有事情，都是为了实现这种超越。也许他没有取得俗世概念中的成功。我只是相信在他去世的时候，他已完成自己精神的使命。

这是成年之后的我，才能够感受到的一切。要真正去爱和尊重我们的父母，一样需要时间。需要长大，获有能力，因为爱和尊重并不是天性。它来自人性深处的宽悯理解，是一种力量。要逐渐地才能得到它。

祖　母

　　从小印象最为深刻的事情，是死亡。家里的人不忌讳死亡，因为它时时袭击我们的生活。从小看到葬礼，看到病危的亲人，棺材里的尸体再无温度，失去魂魄。曾祖父，祖父，祖母，父亲，大叔叔，总之他们接连地去世。在这些时间跨度里，家里的孩子们纷纷长大。我也成年。

　　因为这特殊的遭遇，我很尊重死亡。有些人，从未经历过家庭成员的死亡，所以看待死亡态度轻率、态度浅薄。他们无法获得对感情和生命的深入思省，死亡甚至会成为他们操纵把玩的一种戏剧感。这是一种无知。

　　我从不与人轻易谈论死亡。不是因为它是一件羞耻或禁忌的事，相反，它比任何一件事情都更为光明、更为高贵。花开到尽头就要谢下来，但来年还会再复活。人死去之后，会有轮回。按照佛教的说法，业缘流转，哪怕我们自己不愿意，还是要再回到另一个躯体里重新做人。而能否得到人身尚且还是极之不易的事。这是为了让我们对生命有敬畏。世间上的缘分因果相续，任何所撒播下去的都有回报。生命并不是能够为所欲为的事，它也不由我们控制。

　　这种说法，也许可以使人在获得当前生命的时候，对它郑重自持。任何一种善良或不善的作为，都会换来因果。所以，平顺的人面对死亡，可以镇定自若。它是旧的终结，也是新的开端。

我的祖母，黄美珍，一生做过的最重要的事，是勤劳持家，养育五个孩子。跟那个时代任何一个妇女没有区别。她在五月的一个早上起床，穿着妥当，去厨房烧一壶开水，站在水槽边，突然一头栽倒去世。不知道是心脏还是脑血管的问题。那几天南方持续低温潮湿，这样的气候容易发病。她独自居住，所以支撑在水槽里的尸体，数个小时之后才被上门探望的叔叔发现。

平时疏于联络的亲戚们又会聚在一起。在外地读书或者工作的晚辈搭飞机连夜赶回来。死亡的袭击是一件很端庄的事，家族里的人早已习惯。守夜那天，有专门给尸体立身的人来操作。他把祖母僵硬的手指扳松，给她抽掉兜裆的白色麻布，穿好绸缎衣服，盖上一床又一床缎面被子。又给她梳理头发，在颧骨抹上淡淡红色胭脂。她年轻的时候，面如盘月，光润美丽。年老之后，也始终清瘦安静。讲话从来都是轻声细语，微微带笑，却又十分内向疏离的人。

我走近祖母的尸体，摸了摸她的额头。因为在有冷气的灵柩里放置了很长时间，她的皮肤是冰冷的。七十多岁的人，头发还很黑。现在那一头漆黑冰冷的发丝如同雕琢出来一样，纹丝不动。她留给我的最后记忆，是清明节在父亲坟墓前的相遇。每次清明，她独自前往，执拗地在田野里等到我与母亲。那次她在太阳曝晒的野地里站了两个多小时。我扶住她的手臂，感觉到她的身体在微微颤抖。她的脸被晒得通红。

小时候在她身边寄养。我是她的第一个孙女。她对孩子的疼爱是沉默的、牺牲的，从来不会用语言表达。她在家里收养一只大猫，用鱼骨头拌饭喂养它，养猫的人性格都孤傲。家里收拾得很干净，用碎花棉布盖着茶几或小柜的台面。她穿衣服始终是素雅的花色。吃饭时，她剥一只松花蛋，蛋让我吃完，自己就着酱油吃饭，那里还剩下少许蛋的碎末子。

那是家里最为困难的时候，祖父被发配到农村去修水库，家里人跟着吃尽苦头。祖母带着孩子们，受尽冷落轻慢，非常辛苦。家人的性格，因为生活困境和心理压抑，后来都变得很坚硬。无法被接近，自尊心强，倔强敏感，从不主动。我们整个家族的性格其实都有一种怪异的别扭，对人并不亲近。

在坟前，她哭泣，说她已经哭不动了。她哭了太长时间，已没有力气。一个女人，先后失去养父、丈夫、大儿子、二儿子，这些她生命中重要的男子，这是她瘦小的身体里隐藏着的历史，她所承担的那些漫长的属于哀伤的时间。也许哀伤本身带着威慑的力量，它不允许其他人贸然地接近。每一次我尝试鼓足勇气，想知道以前的一些故事，又总是退却。我很难开口，的确如此。虽然我如此地渴望接近她，与她倾谈。

她的骨灰被送到村里安葬。乡下已不能够土葬，但祖母的棺材和坟墓位置在祖父去世的时候，就已定好。那日是阴云天气，平坦田野植物繁盛，遍地青翠。祖父的坟墓被打开，露出右边空空的穴位，几个孙子拿着外套进去来回掸尘，替祖母驱邪，之后再把棺材置入。他们把她的一块床单拉开来，遮挡在打开的棺材上面，把骨灰撒进去摆放，再一层层盖上寿被和她的衣物。旁边有生前相熟的妇女一边哭泣一边唱哀歌。

哀歌轻轻悠悠，悲切动人。一个平凡女子在今世的艰难一生就此完结。

我回北京，只带走两张旧照片。是她与祖父十五六岁时的照片。发黄破损，时间已经很久。那时祖父是打扮上等的俊朗少年，祖母梳优雅的发型，穿对襟旧式衣服，一双凤眼，面庞清润，如满月一样光芒皎洁。他们虽出生之后被收养，但都是受过教育的富足家庭的孩子。

少年的祖母，知道她未来所发生的事情会如此残酷吗？知道这些将必须承担的家庭败落，夫儿先逝的现实吗？这实在是命运的不可猜测的神秘和威力。她是这样善良的美好的女子，但并未得到世间的福报。

回到北京的一个月后，我在梦里见到祖母。看见自己死了，躺在铺着白布的木板上，谁都不懂得如何来处置我，很是焦躁。祖母来了，站在我头顶前方的位置，用手往我的嘴巴里塞进一把生米，又在我的手心里也放了一把，动作娴熟轻巧。这是《礼记》里面记录的古人殡葬仪式的一个步骤。祖母的这个动作，使我安静下来。

父亲生前，一直把曾祖父和祖父的黑白照片放在桌子上，有时放两杯清茶，有时点三支香。每年清明他都去乡下祭扫，我若有时间，他便带上我。一起坐长途车，路上偶尔谈起往事，大多是关于祖父所遭受的辛酸，与他内心的才情和理想，以及曾祖父的仁厚恩慈。他收养了孩子们，给予他们恩德。这大概是父亲觉得最为愉悦的一个时间段，与他的长女一起，去看望死去的长辈。只是这个时间并没有持续太久。他死去之后，我一直觉得自己没有做到的事情，是带他出去旅行。

对生活的困境，他们没有怨言。任时代和命运的车轮丝毫未曾留情地碾压过自己的生活。一切都需默默承受。仿佛那原本就是和时代和命运并无瓜葛的事。是一个人的事。而生死相关的事情，再重大，也只是属于一个家族的事。

客观性

我记得自己在太平间里，站在父亲尸体旁边，看到大雨渐渐停止的凌晨。天空逐渐露出发蓝的天色。抱着他，感受到血管和皮肤里似乎要炸裂开来的孤独。那种孤独，那种心碎欲裂，那种无助，又有谁会知道呢？但我终究知道，它是我一个人的事情。仅仅是属于我的事情。

他死去之后，我成为一个在感情上没有根基的人。他是我的第一个朋友。我遗传自他的天性，使我们能够趋向互相理解。我曾经幻想过，若父亲年老，依旧健在，我也已成年，我们是否可以彼此获得安慰。也许我只是希望他在那里，就跟我小时候见到他的那样，坐在角落里喝一杯热茶，读书看报。我坐在他身边，便会觉得自己明白了他。这样我们都可以得到慰藉。

梦里我见到他坐在空无一人的老家小客厅里。潮湿阴冷。他只要见到我进去，坐在桌子旁边，总是笑容满面。梦见给他买新衣服、新鞋子，他很高兴，说，穿上新衣服去见你祖父祖母会很体面。他没有穿过昂贵的衣服，大半生都在劳碌和落魄之中。于是我便也内心欣喜，觉得终于可以对他有所回报。

醒过来之后，坐起身，窗外是暗蓝的天空，凌晨四五点钟。要再三惘然地回想，才能确定，祖父母与父亲三个人早已不存于世。他们的骨骸肌肉化为灰尘，与泥土融为一体。而我生活在北方的一个陌生城市里，离故乡一千公里之远。

死亡带来的客观性。这种客观性是，面对身心的断裂且无可弥补，生活依旧将以稳定持续的节奏向前进行。世间的悲伤、欢喜、妄想、落空，终究都是会被碾压而过的损伤的尸体。生活的客观性，就是那一往无前的重复运动着的巨大钢轮。它的客观性和秩序，无情并且果断，不会被个人意志更改。它是比情感和幻象的起灭辗转更为重大的事情。必须要被尊重。

人需要时时想起这巨大钢轮的客观性，和它所维持着的生与死的秩序。

死亡同时让我明白要随时接受依赖被抽离、希望被破灭、等待被断绝、未来被扼制的世间规则。所有的事情，都是重复的、循环的。这样的痛苦。可是人必须把自己脱离出来，看一看钢轮下幻象被碾碎的肢体。那些四分五裂的终究要化为虚妄的肢体。

对生活的境遇，我们只能以命运来解释一切，以此最终使自己获得平静。并且依旧相信命运无可辩白的公正性。

他们是我的亲人，也是承担着生命创痛的普通人。但是，那种面对磨难打击时高贵沉默的秉性，对孩子的牺牲与深厚的感情，对长辈的尊敬和缅怀，以及不自知的善良和仁厚，在悲剧性的家族命运里，这些特质尤其使人难忘。犹如黑暗底衬上的血色标记。

曾经有人为我卜卦，说，也许离开父母，去往远地，会更好一些。他也不告诉原因。我后来是一直独自生活在陌生地，却并不是自动选择的，只是觉得某种力量，必须要带我去往远方。我被搁置和孤立起来，为了做完该做的事情。也许这是那股力量的选择。

用尽努力，想逃脱某种家族悲剧性，但慢慢开始明白过来，与血肉相连，怎么可能与之隔绝。它是一个人精神里的骨头。它在我的血液里早留下标记。

寺 庙

小学二三年级，学校里组织春日出游，由老师带领去参观古老寺庙。保国寺建在山腰，需要拾级而上。彼时下雨天，漫漫清澈雨水从石阶蔓延流淌下来，如同无数分岔河流分支，令孩子们格外雀跃兴奋。涉水而上，嬉戏前行。大家看了庙宇之后，便在廊前栏杆边坐下分吃彼此带着的面包或话梅。雨水和食物更令孩童们觉得欢欣。身后清冷肃穆的建筑，只是一个衬托年幼欢闹的背景。

数十年后，重回此地。看到寺庙大厅保留的近乎完美的纯木结构，颜色沉定，兀自端然，仰首观望良久。窗外雨声依旧淅沥。有人一凿一钻地雕琢出这屋脊。他们早已死去，手工被保留下来。物在，人依附其上的心血和精力，便也存留。假设它没有被重点保护，也被推倒，以致摧毁，那么，曾经无知无觉的孩童，将彻底失去对它的记忆。无人指导他们懂得这些古旧木头的贵重。他们注定与它无法彼此理解。

走出门外，看到走廊青石板上面有遗留的燕子粪迹，点点灰白。心里惆怅。

对一件事物的价值和体会，人需要经历数十年百转千折，以心境的曲折作为质地，才能与它互相映衬。美好的、珍重的东西，一般也是脆弱和骄矜的。它不愿意使人轻易懂得。它宁可被毁灭。

记　忆

记忆有时看起来是这样真实。它是一条河流，不能从中间切断，有始有终，源源不断。

人的故乡，是他不能再回去的地方。我对故乡与亲人的回忆，就如同父亲习惯性保留那些过期无用的票据和纸张。那些不会再发生的文字的记录，影像的存在，感情的幻象。它们只是一种存在。并且因为经历过时间，获得了彼此的理解，深入的相照，而更增添人的落寞。

记忆有时又是虚实不定的，是斑驳交错的。它使我对故乡和童年的追溯，物已非，人不在，已经失去根基。它如同漂浮在大海上不能回航的废弃大船，熙攘华丽，但只能逐渐下沉。直至无从寻觅。

仿佛一个人记得他自己家里的门牌号，但那个家已经拆毁。

他所拥有的，只是一种真实记忆的虚空。

疆　域

在梦里，我看见自己回到已经不存在的大宅。走廊、楼梯、房间，依旧幽暗窄小，气味潮湿。窗外射进来的西落光线里，升腾无数细微灰尘颗粒。空气中食物和物品的气味，密集居住空间里属于人皮肤和身体的气味。仿佛是刚刚被清理出来的盒子，里面还留着内容物的痕迹。但是已空无一物。

下楼梯，走到门口。一道高高的门槛，外面就是大街。只见街道上阳光热烈，人声鼎沸，有热闹的集市或者聚会。春光明亮景象，映衬门内空间格外幽深。心里不是没有向往。却又觉得了无兴趣，有一种格外冷清的心境。转身上楼梯，准备回自己的房间。

不知道自己回去要做什么。但是门外的那个世界，肯定不是我的。无法参与，无法加入，就是这样的一种自知之明。有一些类型的世界不是我的。我的道路不在那里。梦里的那种透彻到骨头里的决然，十分果断。只能如此。有时候必须要做出选择。

在生命的疆域里，我们是幼小孩童，懵懂无知，它是大人，手心里捏着糖果或毒药，与我们捉迷藏。我们与它一起嬉戏在黑暗的大房子里。在空旷幽深的走廊上追逐大人的脚步，想抓住它，得到它手心里的秘密。身边是一扇一扇紧闭的门，有时左边一扇打开，有时右边一扇打开，完全不得要领。你走遍房子的每个角落，发现有些门可以被轻易推开，有些门则从未曾开启。那个与你捉迷藏的大人，他与你之间的游戏，令你困守其中，无法穷尽。

这些漫长的没有结果的游戏和奔跑，最终使你明白与它之间的规则。知道有些门不能碰，有些地方不能抵达，有些期望无法占有，有些问题没有答案，有些对峙无法占据主动。

曾经一扇扇推门去试探，用尽力气。现在你知道，所要选择的，也许是采取何种姿势等待。有些门如果打不开，它不是你的道路。有些门即使敞开着，也不一定是你的道路。

停止与黑暗中的大人玩捉迷藏的游戏。对它认输，没有人可以赢得过它。在对它和解的瞬间，人才能获得最为彻底的尊重和谦卑。你因此格外镇定自若。

大 门

夏日的那面湖水，吞没所有幻象，却又清澄无碍。在此地嬉戏，用尽全身欢愉和力气。贪玩出逃的一个休憩午后。似始终逗留在蓝至暗沉的湖泊边，水波互相撩拨的浮力，在水面上看到自己的脸。它隐藏在浮光掠影之下，绿叶娑娑以及落花纷纷的幻象之中。心如同幼年。我所面对的，依旧是自己心中的女童。

我在梦中觉得心已经老了。觉得自己的二十岁，如同其他人的四十岁；三十岁，是别人的六十岁。是以这样的倍数在消耗时间。也许这最终只能是一种私人的细微感受，无法与人分担。但又是如此真实，在停歇下来的每一个时刻，看到骨骼里日益坚硬起来的孤独和分明。

是在觉得对这个世间极为珍惜郑重又随时可与它隔绝的时候，开始一点一点变老的吗？心是在一个瞬间一个瞬间里变老的。那些记忆像旷野里洁白的闪电，在被它击中的时候，我们心中的身体中的某一部分，发生永久的碎裂。

在那一刻，我是彼时的女童。初夏墙根下绽放的凤仙花，采下它们新鲜的绯红花瓣，与明矾一起捣碎。把花瓣汁液用叶片绑在手指甲上，伸着十个手指，晚上不能入睡，期待一早看到指甲产生的变化。这样的小小秘密也会让我欢愉难安，对时间充满期待。雷雨降临之前的黄昏，热空气沉闷，有硕大翠绿的蜻蜓，降落在窗边晒衣杆上。抖动透明如纱的双翼，姿态自如。这美丽的昆虫，亦令我内心怅惘。看着它在瞬间，抖了抖翅膀，便翩然远去。

在那一刻，我又是一个成年女子。在空无一人的房间里醒来，看到窗外的暗蓝天际。曾经跋山涉水而山高水远，也曾困守城市繁华不知何去何从。看过世间风景，尝过人情冷暖。身体是成年的，心是提前老去的。内心有一部分始终属于那个童年期的女童。

这个女童，是与世间规则的一种对峙，一种冒险和激烈之心。投身出去，热闹开阔的天地，陌生的新人新事。又自相矛盾，逐渐产生一种索然和清淡的自知之明。知道门外的那个世界，有些嘈杂和热闹无法参与、无法加入。有自己的事情要做，有自己的使命。是这样的一种自知之明。

人若看清和明白自己的处境，就只能承担它。即使心里有一种畏惧，对这萧瑟落寞的，对黑暗与幽闭的畏惧，也要承担着它。回到自己的使命之中。

有骨骼的哀伤，那等同于一种自我克制。

在梦中，我抬起头，看到南方天空雨水充沛，阳光暖煦，万物生长显出自然焕发的本能。春日墙头有大蓬大蓬的蔷薇攀爬，绿叶丛中带刺的红花在风中招摇，花瓣落满街边石板路。青苔幽幽的石板路，坑坑洼洼，未经修缮。一到雨天，疏松处蓄满泥水。无意踩上去，水花四溅，使人走路格外小心忐忑。不知道哪一步是实处，哪一步又踩着了虚空。路的尽头，抵达一处小天井。高高院墙上头，但见青天白日，乍眼见到的惊心。世间的清朗风月，如同一种静默的昭示。

它说，世界空阔，你总在底处。而这是一件郑重的事。

我看到自己带着这样的一种自知之明，转过身，离开了那扇大门。

「秋——白茶。清欢。无别事。」

猫

大概凌晨两点多入睡。五点左右，天色未亮，被猫咪惊醒。它也许刚睡醒，蹿到枕头边贴近我的身体，发出呼噜呼噜的声音。流连之后跳下床去，在客厅里玩耍，发出追逐小球和兔皮老鼠的声音。有一天早上起身，看到床的一侧放着鼠杆玩具。想来它半夜玩得兴起，把玩具叼到了床上。

它身上规则的黑白条纹来自生命的秩序。玻璃球般的绿色眼珠，在黑暗中熠熠闪光。风从窗外吹进来，拂动窗帘，它耸起鼻子捕捉季节的味道。睡觉时，蒙住自己的脸，蜷缩起柔软的爪子。温软小小蹄肉呈现粉红色。嘴巴总是有一股鱼腥味。

有时它独自静悄悄地趴在窗边发呆。有时玩抓耗子游戏。有时它对人厌倦，故意躲起来不见。我在空荡荡的屋子里寻找它，叫唤它的名字。在某个角落发现它，它趴伏在黑暗中，听而不闻，此刻它显得这样骄傲。有时它有深深的眷恋和依赖，我走到哪里，它跟到哪里。有时它在沙发上紧张地舔毛，这样急迫，仿佛这是折磨它的事情。它把身上脱落的碎毛舔进肚子里，在不被发觉的深夜呕吐，吐出大颗坚硬的毛球。

它清洁自己，睡觉，对着窗外凝望，独自玩耍。喜欢厨房、卫生间、柔软的睡床、窗台，以及任何隐蔽的可以使自己不被发现的角落。对一切声响气息和事物有敏感及好奇。它凝望电脑屏幕，凝望电视，或者长时间凝望窗外的风景。这个世界它是否有参与感及试图对此保持理解，不得而知。我不知道它是否有抑郁的倾向。

每次看见我独自在房间里哭，它会露出吃惊的表情，悄悄蹲在床边，一动不动仰头看着我。这一定是它无法辨识的方式。它轻声叫唤，空气中充溢着轻柔声音所散发出来的无助。这种声音会成为我对它的回忆。

它如同从天上搭路而来的小小顽童。这样美，这样安静，与世隔绝地生存。也一样会衰老，会死去，会化作尘土。

一只猫拥有期限。也许能够在身边停留十五年。我会忘记计算剩下的日子，一天一天，时间如此迅疾。如果人能够明白自己与一种事物共同存在的期限所在，会因此而对它充满宠溺。

从未如此对待过身边的人。我们彼此无法计算能够在一起的期限。有些人见过一晚，就再没见过。有些人过了两三年，以为能够再度过更长的时间，某天也就不告而别。我们无法判断猜测时间的广度和深度。分离的人，再不见面的人，对各自来说，就如同在这个世间已经消亡一样。音信全无。这是一种处境。

如果能够有对时间更多的把握性，也许我们会对彼此更为郑重。

危险性

她送走男人和孩子之后，对着梳妆镜，无限落寞地扑上白粉，抹上口红。那张在枕边人眼中如同薄纸的脸庞，流光穿梭，眼睛湛亮。秘密使她的身上闪烁出光芒。她能够发光。这发光的女子，穿上蕾丝内衣，外面也许总是裹着厚实的款式保守的大衣，但至为要紧的是，即使在寒冷的冬日，她也一定会穿上高跟鞋。裸露的小腿绷着透明丝袜。

她锁上门，去地铁站或搭上任何一种交通工具。目的非常明确。去寻找另一个男人。

他们一起坐游乐场的摩天轮。升至城市上空时，他看到她的手腕，镜头里并没有露出伤口。她说，这是她十六岁时弄的。他问，为什么。她说，为了感觉到自己的存在。她的手指上戴着婚戒。丈夫温和，女儿乖巧，家庭美满，工作顺畅。但这种种一切，未曾给予她内心这明确的感知。只有这个带有危险性的陌生男子，才是她的理由。如同让她在少女时候摧毁手腕的理由。

因为有伤口，才能感觉到自己的存在。

倾慕不得的事与人，是一种天性。忠贞似加予对方的一种奴役，人会倾向爱上有危险性的对方。当你被一种陌生的力量制服的时候，是会有诡异感的，必须获得再一次印证。对陌生人以及陌生地的向往之心，所有冒险的本质，都是企图脱离自身生活，脱离被重力所拖累的肉身，用破坏和探索的方式，感知到自身明确的存在感。

危险的恋情，像一道剧烈闪电，闪烁白光在旷野上空划过。浓云密布，风雨欲来，心有惶恐和激昂。这样的道路，注定是一次蓄谋已久的穿越和突破。为了撕裂，为了破坏。就是如此。

任何一种形式的爱恋，都是试图从自己的躯体走入另一个边界的躯体。抵达它。抵达它所隐藏的生命另一个边界的内里。

回　顾

　　淮海路附近的一条分支，窄小的马路是单行线。路两边有粗大法国梧桐，低矮旧楼，楼前废弃草木茂盛的花园，留有无人照料的大树和月季。晒衣杆竖直地从法式格子窗里架出来，挂满花花绿绿的衣服。春天街头，老太太提着小竹篮售卖用铅丝穿起来的白兰花，戴在衣服扣子上，芳香四溢。一种笃定的世俗生活态度，眉目厚实。

　　路边一家小吃店坚持了很多年，一直没有关闭。每次路过，都会进去吃点心。小馄饨、排骨年糕、牛肉粉丝汤，总有人排队等着生煎馒头开锅。包装袋是用牛皮纸做的，不是普通塑料袋。店里的客人，多为本地人，用上海话发牢骚，絮絮叨叨地聊天。服务员是中年妇女，穿着白色围裙戴着白帽子，即使有客人在也会把地面拖得湿漉漉，让人端着滚烫的汤碗差点儿滑倒。

　　他们做出来的小馄饨，大火烧开，在汤里放上紫菜小虾皮蛋丝榨菜，浇上酱油和芝麻油，盛进搪瓷碗里。一切都还跟二十世纪八十年代一样。在北京，没有任何一个地方，能吃到这样的小馄饨，看到这样的搪瓷碗和牛皮纸袋。为了吃到这样的小馄饨，也得不时地回去这个城市。

　　每次时间都并不充裕。住在酒店里。见很少的人。除了工作，就是一个人默默走路。依然熟门熟路，能找到喜欢的旧日店铺，买到球鞋、牛仔裤、丝织裙、香烟、澳门蛋挞、蟹虾面。在大风呼啸的早晨，找到空无一人的咖啡店，在里面喝杯咖啡。

我曾经在此衍生和维持过的一切，在离开的时候就已全部终结。

这些微小回顾，告诉我对这个城市的情感，还未曾消退。而我对它的回顾，并非是对上海这个特定称谓的情感。那是对南方的所有感受。

布　匹

在偏僻南区发现一个布艺批发市场，看了一天的布。到处堆放一匹一匹的花布。布的气味使人愉悦，流连忘返。棉布摸上去有棉花的柔软和芳香。丝缎自有幽凉质地，繁复花纹描画松竹梅，百转千折，这样令人惊心动魄的美，不过也是一手如水倾泻。大团大团碎花。色彩纷杂。还有用植物染色的天然细麻布，一捆捆随便堆放在角落里，带着一种风尘气的跳脱。

选了黑底白芍药花棉布，大红色牡丹凤凰花纹棉布，孔雀蓝细麻布，紫色银丝和黑底金线棉布，桃红色提花真丝，湖绿色菊兰留香绉。可做尼泊尔式样的褂子和宽腿裤，盘扣上衣。还可做床单和沙发布。

途中经过一个集市，像极越南的河内，嘈杂，混乱，活色生香。卖草药的铺子。桂圆干和荔枝干与超市售卖的不同，肉质厚实，剥一个出来品尝，清甜甘美。很多人聚集在大篷布下面，阳光从篷布缝隙里倾洒进去，饭食的热气与光线一起蒸腾。巷子里空气似波浪一样翻搅不安。涌动人潮，陌生口音。他们的面目与北京似乎没有任何关系。这个集市让人着迷。

朋　友

　　一个人若想与比自己强大的人做朋友，是困难的事。精神强度不相当，弱势一方会有困惑。对方在一定距离之外，他想进一步，对方退一步，完全得不到进入对方世界的通道。友情自然也寡淡得过度。

　　所谓艺术家的自私，他们对人的本身并不感兴趣。对方的过往历史、情绪、情感，如果有倾诉，对他们来说是不耐烦的，也不想对此持有反应。他们与一个人在一起，有时是想观察对方的言行举止所带来的延伸空间，作为感受的积累。有时则仅仅只是因为寂寞，想有温度和言语包裹。对方若认为自己被喜爱被接纳，那断然是一种误解。

　　一个有强大精神力度的人，需索更大强度的药剂和能量。他几乎对身边的人不关心。

占 有

身上穿的黑色大衣，窄小，不保暖，线条生硬，穿在身上仿佛不是自己的。但是它又是这样的美。人为何经常占有不符合自己系统的美，付出代价，想让自己的意愿成为合理。最终相形见绌。

很多人长大之后的坏习惯是，越来越强求一切须与自己对应。若无对应，就回避和拒绝。仿佛理所应当觉得天地该围绕着自己转动。与外界的关系无非是有一个低俯或将就，而有的人居然就这样与世间断了来往。

"你是一个聪明人，应该走出去。人应该享受这个世界，而不是企图理解这个世界。"是一句电影里面的台词。

人在无法理解这个世界之前，很难享受它。美好的事物值得享受，但它们通常难以获得大部分人的理解。最终，享受无法理解的美好，成为大多数人生活中盲目的低估。这不能说不是一种浪费。

单　纯

电影里，女孩躺在床上对年轻男孩说，我姐姐说如果女人和男人做了这件事情，男人要么就沉迷其中，要么就失去兴趣。这话不假。反过来女人也是一样。女人对男人外表的注重，以及对性的沉溺，不会比男人少。只是她们容易被其他的因素混淆，比如对方的金钱和权力。这些会影响她们出自本能的判断和爱恋。

男人的爱，比女人单纯。他们没有自相矛盾的东西。沉迷了不可自拔，失去兴趣了也便就索然寡味。因为单纯，所以也更残酷。

做爱不是手段或目的，不是用以拿出炫耀或满足自我的病态需求。它需要单纯的感情，真实可信，不能慢慢增添附加值，有诸多要求产生。不管是做之前，还是做之后，内心计较只会使它沦落为交易。原本明亮无欺的欲望，逐渐凸显繁杂无趣的人性。若有计较，哪怕只是一些些，也会一拍两散。

愿赌服输的赌徒是拥有单纯内心的人，他们做任何事，不需别人的猜测或惋惜，也不自我怀疑。

感情需要明确单纯的目标。这是男人的作风，女人也应如此。

老 虎

花开得太好，所以摇摇欲坠。这一切的事情，老得这样快。世间一直熙攘着。

在黑暗无人的树林之中，如火焰闪动的，是我与自己之间发生的爱慕留恋。玩具如何肆意把玩，才能致死。你注定要与我再一次虚耗。时间太长，用不完。在无人的房间里，我将会始终对峙着空虚。等你来开启这道门，灯火通明。看着你的眼睛，仿佛我的死期不远。

亲吻带来的天亮。闭上，睁开，失望无可回避。我又开始与你玩捉迷藏的游戏。在你入睡之后，悄悄穿上衣服，逃回到无法寻觅踪迹的洞穴。你看到的，只是一棵梦中丢失的绿色羊齿。

你在森林里寻觅一只华丽的老虎。漆黑夜色，萤火闪耀。它浪迹天涯的踪迹，没入暗中。我们的老或者死或者消失。等你变成苍老的男子，我会帮你衔来一个洁白赤裸的婴儿。他是你的。房间里充满热量和光。我对你说，闭上眼睛。这样我才会出现。进入彼此，这样我们不会无故失踪。我爱着你，如同爱着自己。如同厌倦着时间的某些方式，它重复着无情、多余和没有意义。

继续，坐守空虚的男子，等待古老的羊齿与黑暗丛林中的一只老虎。

存　在

在王府井新天地的茶餐厅里，被路过的穿着孔雀蓝绉纱裙的少女吸引。她赤脚穿着人字拖，骨骼秀丽，细小洁白的脚趾涂着同样颜色的油料。这深刻的孔雀蓝，有海水的质地。

男子带着他的小女儿在露天桌喝咖啡。那女孩子有漆黑的头发，略显蓬松，洁净的单眼皮眼睛。却在两眼之间用白粉描绘图案，非常摩登。她坐在椅子上，眼神里有与年龄不符合的沉定，眉眼间白色的影子令人着迷，穿着布裙，与身边其他任何的中国孩子不同。

与一个女孩子约会聊天。她比在电视或报纸上看到的模样要小一圈。花瓣般皎洁的脸，一点点化妆也无。说她吃素，连鸡蛋都不吃。细细的眼睛，骨骼瘦小，留一根细细的小辫子在胸前，扎着彩色丝线。没有任何首饰戴在身上，仿佛就是出来休息。看起来平淡寡然，但一到光线下就闪耀出一股气场。所谓的明星气场，大概就是这种瘦，这种坦然，丝毫没有矫揉造作，又很镇定。

在电梯里，有两男一女。那年轻女子穿一双三寸跟的高跟鞋，走路矫健，小腿穿着丝袜，仍可见到汗毛未剔除干净。牛仔风衣，黑色膝上连身裙，腿形未必完美，只是裸露得健康以及强悍。很黑的头发，发丝粗率，额头上有刘海儿。与其中一个男孩子是情侣，两个人不时响亮地接吻。她的手指上涂着蓝色指甲油。

咖啡店里。一个男人穿着白棉恤，薄荷绿绒外套，黑色牛仔裤，却穿双塑胶拖鞋，光着脚。在吃芝士蛋糕，看一本书，手中拿着圆珠笔。有一只黑色麂皮挎包，扔在地上。

在灰淡发蔫的人群里，这微小的存在令人振奋。

恋　情

　　甜腻黏稠的恋情，令人生疑。恐怕是彼此掉入幻觉之中，翻江倒海，最后爬上岸，发现仓促间不过是池塘里蹚了浑水。如此剧烈地追寻彼此的内心，是英雄气短的事情。

　　有力的恋情，是从容不迫的，也是清淡如水的。相信彼此有漫漫长路可走，可以说完心里的话，做完想做的事，且还会有无数新天新地逐一展开。大可轻盈端庄，气定神闲。

　　内心有着沉实恋情的人，不会让身边的人轻易察觉。你只会觉得他们的眼神中有暖意，笑容中有童真，感情浸润着他们，使他们更柔软和敏感。他们像守护着一团火焰，小心翼翼。他们让身边的人觉得空气里有情缘的美好自在，而不是荷尔蒙的腥臊味道。

　　这有些区别。

花　瓶

　　男人接近一位喜欢的女子。她一直置身公众之中，看起来遥不可及。但他只觉得她普通，并且在高处封闭，并未见过世面。感情天真，内心单纯。他最终轻易得到她。以不奢望的姿态接近，心里无盘算，打开她的心扉。本来这个女子，将始终如一只精美寂寞的瓷器，供奉在与真相无关的猜测和摒弃之中。与其独自灰化成泥，不如进入寻常百姓家。哪怕做一只花瓶使用，沾染人间的温暖俗气。

　　这条道理，可用来解释一些公众人物的行径。貌似高傲的女子，其实可以低到尘埃里去。不是所有的男人都能够把一只昂贵的瓷器当作花瓶使用。他要会识货，肯下功夫索取。敢于狠下心来毁灭它，并且重塑。他本身就需要足够强大，或足够无畏得不自知。

　　一些优秀骄傲的男人或女子，最后与平常配偶为伴。不愿意低俯下来靠近好的东西，怕被拒绝。他们过分自重，没有耐性，只愿索取不肯付出。

她

　　她去超市买牛奶，说，看到纸盒子上的日期，才知道是几号。今天二号。她从来不戴手表。她的手腕上有一只粗重的银镯子，十分白亮，她用增白牙膏刷洗它。深夜，她洗湿了头发，光裸地站在卫生间的水龙头旁边，用牙刷耐心刷洗那只镯子。镯子的亮光生冷。她深夜对着镜子梳头发，落发掉在白色瓷砖上显得肮脏，用卫生纸把这一团团发丝收拾干净。日复一日。她滴眼药水湿润干燥发热的眼睛，洗干净双手，在手指间仔细地抹上乳液。换上白色 T 恤，上床睡觉。

　　她在房间里把一只兔皮老鼠扔到墙角右边，猫咪飞窜过去捕捉。她又把它扔到墙角左边，猫咪换转方向奔跑。游戏持续在空荡荡的大房子里，她听到自己发出来的笑声，跟少女一样清脆喜悦。她去超级市场买矿泉水，等在结账处的队伍之中，浑身燥热，手指若被纸袋勒住会变得坚硬。早上她很早醒来，戴上薄型的橡胶手套，在小厨房里洗碗。她烧一大壶开水，在杯子里倒入蜂蜜，然后用热茶和香烟度过一天。

　　她在集市里买来的新裙子，粉色绢丝，有细细褶皱。穿着它，和一个人在白炽灯剧烈的小餐馆里吃饭，她为这华丽的盛装感觉局促。仿佛在某些不适当的场合和时分，与自己相恋，没来由地纠缠厮磨。仿佛清决的身体已经无知无觉太长时间，变成依次绽放之后的栀子，白色开始枯黄，有死亡的香气。

她在镜子前抚摩自己的锁骨，突兀凛冽，背上有耸起的蝴蝶骨。如果有一个男子说，它是美的，那么它就是美的。这样的游戏，我们要玩到何时停止。她对着一条河流，抽完一根香烟。她看到一具肉体的变化，绝经，怀孕，红色的缝线伤口。所有的抚摩和亲吻都留不下痕迹。起身的时候，眷恋倾泻，依旧只留下天真无邪。

　　她在梦中看见一具被剖成一半的男子尸体。醒来的时候，匍匐在他的身体上，吞下他的汗水和谎言。在暮色里听到的树叶响声，仿佛下起了一场大雨。她坐在黑暗中，如同坐在某个出发的站台，不能久留却又不知道去往何处。她默默观望一个男子的睡眠，观望他关于永远的誓言，观望一种发生的无可预料和无以为继。如同一对陌生旅人邂逅在即将雪崩的山顶，坐以待毙，所以开始欢歌笑语。

男　子

身边经常可见奇形怪状的男子。打扮时髦，出手也算大方，善于与女子暧昧，周转灵活，身上却不见任何承担的重量。有些尚且自恋到一定程度，全身上下的名牌，告诉你他的鞋子购自东京，领带来自罗马。也能畅谈一下哲学或者诗歌，时不时亮出无从考证的身份，炫耀左右逢源的能力。男人无趣到只能以吹嘘或谈话来扩充自己，天花乱坠，没有主题，证明社会的个人价值取向已有畸形之处。浮躁、虚荣且无力。女人身陷诸如此类的男子之中，眼花缭乱，却难以找到一个品性温厚纯良的男子为偶。

真正有趣的男子，他应知道怎么修理草坪，耐心种一盆花，养活一缸鱼，手工做一个木书架，或下厨煲出一锅汤。这一切远胜过在酒吧呼朋唤友，左拥右抱。他应是安静的，不多话。多话的男人多有儿童的幼稚心态。但他却又保留有童真，那是对自我的一种认同和坚定，不受世间标准的左右界定，来去自如，生性逍遥。

专注工作，并且独具一格。用一生来做对和做好一件事情。内心分明他的取舍和执着所在。干净，健康。挺着肚腩或骨瘦如柴的男子终究不好看。经常健身和运动的男子，心态平和，身上有均衡有力的肌肉，这是讨人喜欢的。他可以从一而终只喜欢粗布裤和球鞋，但简单的衣服穿在身上自显得风清月朗。他的感情显得有重量。

男人性感的定义是，女人愿意与之生儿育女，成为他的妻子。对。不是一夜情，也并非性伴侣。女人对一个男人最彻底的爱慕，是想为他生养孩子。

花　市

　　集市人山人海，潮湿空气里充溢混杂花香。一时无法呼吸，像浸湿棉块包裹过来，糊住口鼻。选了玉簪、百合和玫瑰，都是香味浓烈的白花。又用报纸包了一捆新鲜硬朗的雏菊。它能维持很长时间，直到所有紧实的小花苞悉数打开。

　　花卉如人一般，也分平实有效或华而不实。而人总是会更钟爱占有期限不长久的东西。

笃 定

半年之前看中的一对雕花木版，雕刻的是莲花和翠鸟，笔触细腻精巧，开价已跌下几千。耐心对待它们，等过些时日，再过去看望，也许依旧会在阴冷角落里因为无人追捧而跌价。孤僻的好东西难以等到真正欣赏它们的人，因此有时反而会归属甚佳。最终被痴迷于它的人带走。

对喜欢的东西沉着镇静，内心笃定，这也是自信的一种。要或不要，又有什么关系。

两只古老的青花瓷碗，摆在卫生间里用以放香皂。不需要供奉起来小心对待，日用夜用，坦然处之，它的珍贵才会归顺于人。

用平常心清淡相对，才能成为妥当的主人，而不承担对方给予的奴役。

植物女子

在咖啡馆里邂逅一个女子，衣着暗色无华，穿一双红色球鞋，黑色高领毛衣，灰黑色的棉围巾。脸很瘦，轮廓洁净，几乎一丝丝化妆也无。初看略有些憔悴，仔细看后却有一种秀丽之感。眉毛黑而有力，眼神温和，头发扎在脑后，露出额头。令人难忘的，是她的笑容，如此暖煦，眼睛笑得剧烈，笑得弯弯。她丝毫不吝啬于自己美好的笑容，以至这笑容就如阳光一样，照在初会的陌生人的脸上，令人愕然。

旁边的男子说，如果我的女儿早起，看到她的母亲这样微笑着，是多么美好的事情。

美好女子的定义是，她若走进人群之中，如同遗世独立，突兀的存在会让他人立时感觉空气发生变化。而普通人一走进人群，如同水滴汇入海洋，不见痕迹。这定义不免偏执，却很分明，并且和五官无关。

女子若有些男子的品格，便会有结结实实的美。喜欢略带中性气质的女子。这种中性气质，不是说她不能穿高跟鞋或小礼服裙。中性气质，代表内心格局，是一种力量所在。

植物一样的人是好看的。他们经历独特，但所言所行，丝毫没有浮夸。待人真诚实在，有一种粗率的优雅。人生观是开阔而坚定的，自成体系，与世间也无太多瓜葛。若看到不管是何种职业的人，在人群面前表演欲望太过强盛，用力通过各种媒介来推销和演出，便觉得动物性的一面太过明显。功夫做足，野心昭显，昌盛踊跃，最终不过是普遍性的平庸。

少女像墙头蔷薇般绚烂天真，是人间的春色。成熟之后的女子，就当接近树的笃定静默。她们的存在，是对活色生香世间的恩惠。她们稀少而珍贵。

相　信

我们为什么会在另一个人面前哭泣？仿佛曾经在无人的房间里哭泣，在黑暗里哭泣。是因为对自己的失望，还是对一些规则的无能为力？如此可耻，温柔小心，开出小朵小朵的白花。当荒芜的秋季来临，当大雪覆盖原野，心才会在静默中获得确认。

我对爱的理想，是要做回小小的女儿。寻找到一个父亲般的男子。过马路的时候牵住我的手，在饭桌边坐下的时候，知道对面的人会为我安排一切。这样就足够了。还可以对着他哭。

要做一个好看的女子，并且相信海誓山盟。

善　良

在一本书里看到过一段话，大意是，男孩羡慕邻居小孩得到的一盒贝壳，非常漂亮，因为别人有，他没有，终于还是嫉妒。处心积虑把它偷到手之后，用榔头把它们逐一敲破，此时才觉得解气。可见嫉妒是如此空虚而暴戾的东西。对方置身于内心的火焰中，纠结反复，无法自拔。人也只能远远避让，视而不见。那是属于他自己的火焰，与别人无关。

大部分的人都会嫉妒。不管是他见着好的贝壳，好的作品，或是好的功利。最终这些好，在他心里，不过是如何偷盗及砸碎的思虑。这也是令人觉得怜悯的一种剥夺：他得不到好，见不着好，心里也已经没有了好。他在世上得不着任何依傍。但愿他早日脱离这炙烤，才能在与人尊重及清洁的关系之中获得内心安稳。

善的东西，不暴戾，但却更为有力。嫉妒和恶务必要保持坚硬顽固，滴水不漏，才得以成全。善和大美像静水流深，终究涤荡人心。做一个良善、柔和、有悲悯和宽容的人，处理一些事情就会有余地，不把人赶尽杀绝。如果起初的和美，到了终局，会不堪回首或图穷匕见，是否因为自己的内心有着恶，那些恶亦激发了别人的恶。

具备善良和心存真诚的人，懂得照顾别人。这些品质不管是来自男人还是女人，都令人尊敬。有些人会习惯性地利他和付出，比如一起坐车，会把好位置让给别人，而自己坐到最颠簸的位置上去。他们不散播是非，不以怨报德，不虚荣浮夸。他们具备自我牺牲精神，足够给予任何僵硬干涸的心灵以清泉和阳光。如果做不到这些，即使聪明有才华的人，也并不令人觉得高贵。

人有时会被自己的善良所损耗。干脆的拒绝、干脆的淡漠、干脆的遗忘，都是不会有后悔的。那些能够做到对我们有一丝一毫损耗的人，也许是曾经被给予过感情、温暖和信任的人。那些因为被利用、被误解、被忽略、被殴打而廉价不值并且卑微的善良。它仿佛一个禁忌，不容得任何宽谅。这使人对一些正面的词语，格外警惕。

但是这一切都不是善良的真相。善良永远超乎其上，有着微弱而格外坚定的光芒。

善良是属于自己的内心安定。

控　制

若碰到势均力敌的对手，恋爱自然是高级的娱乐，带来精神和肉体上的极端满足。虽然这迷幻如同新陈代谢，终会被时间消释，但也总是在不断重复轮回并再次能激活。

控制感带来的强硬和变幻莫测，时有挫折感，却使关系保持张力。如同探索泥沼森林，无法抵达目的地，虽有疲倦，继续的欲望却强盛，控制与被控制的乐趣在于此。人与人之间有某种早已被事先设定的格局，关系里从来不存在所谓平等的位置。

好的对手，有隐蔽而坚强的耐力。他们是长跑的人，速度不缓不疾，自有安排妥当的节奏。该收敛的时候决不逞强，该出击的时候无犹豫，该保留的时候不会盲目，该竭力的时候也不气短。因此收放自如。

人若想控制他人，必然要先能够控制自己。这个规则，对任何事情都适用。

一期一会

洗手间的暖气管比卧室客厅里的都要更烫一些，间歇听到咕嘟咕嘟热水流动的声音。把洗干净的袜子放在上面烤，穿上去的时候是暖的。上午给人写一封长信。晚上吃黑鱼子鳗鱼寿司。买了七件衣服，颜色为白、黑，暖色的圆点，质料为棉和桑蚕丝。一双金色的高跟凉鞋。饭馆里的干辣椒气味。街头落满金黄的银杏树叶。

点一根香烟。这样的时刻，是不需要其他人的。下午大雨，街边大槐树下，有花农拖着他的两大车盆花避雨，是洁白的茉莉和栀子。出门之前，在脸颊淡淡抹上李子红的胭脂。给小猫的兔皮老鼠。一个童年的玩具，万花筒。水晶杯子盛着清净的凉水。

露天集市。郊外农民在那里摆摊，蔬菜新鲜便宜，可以买到金鱼、印度香、大盆茶花、自养的南瓜、新摘的葡萄，还能裁制床单被罩。

在偏僻小店里淘到有缺口的瓷土青花碗。古老的雕花樟木小椅，雕着精细的鸳鸯和莲花。看一个孩子入睡。在厨房里仔细剥掉大蒜的紫色皮膜。晚上睡在有阳光气味的白棉布床单上，把头埋进枕头里。

生活的根基，是自然的平常心。如同涓涓清流从心底淌过，来自我们与世间周遭的人与事和睦妥当相处的道理。它是一种无法言说的愉悦，是不那么确定的事。不剧烈，也不荣耀。如花期一期一会，活在当下。

孩　子

　　一个女孩，与一个比自己大十六岁的男人同居。在遇见这个男人之前，她独自生活了很长时间，一直自认内心强大，但现在只想给他生个孩子。理由是他以后会老的，老了会越来越孤独，有个孩子就可以陪伴他。这是一个纯粹为别人着想的理由，因此使人信服。

　　唯一的困惑是，生完孩子之后是否会失去自我，工作可以使一个女人聪明，生育也许会使女人变得世俗琐碎。怎么样才可以带着孩子过着世俗生活的同时，又保持自我，做一个很酷的妈妈？这个已经很酷的年轻女孩闷闷地发问。

　　我说，不过是立定心意，在照顾孩子的同时，继续扩展内心。如果在生养之后依旧保持瘦和清决，有童稚洁净的美感，会烹饪缝纫刺绣养花，会照顾家庭，善待亲友，同时又能够独立工作，有自我空间，懂得独处，意志坚定，那么她会逐渐靠近完满。不能惧怕孩子会破坏固有的世界，他们应当是被派遣前来开拓生命的另一个层面。即使开拓意味着冒险，控制局面带来的不深入。但这是一个人与世间建立联系的最和谐的途径。

　　所以很酷的妈妈会一边哄孩子入睡，一边阅读一本宗教哲学的书或古典小说。带着幼小孩童去旅行。

　　很酷的妈妈需要很酷的底子。

首 饰

与一个女子聊天，她长发素面，穿简单的裙子，谈话做手势的时候，手指上那枚戒指却一直晃人眼。是一枚外形简单的戒指，深红色宝石，白银托底。赞叹她说，这枚戒指实在是非常漂亮。女孩子微笑，说，这个是家传的戒指，母亲赠送的。把戒指脱出来给我看，放在手上，一眼看过去就是好东西。被时间和情感洗刷之后的温润古朴。这枚戒指让她整个人都显得很尊贵，就是那样的感觉。

女人逐渐年长之后，应该拥有一些首饰。

比较适合的是一些传统质地的首饰，显得雍容大方，以后即使赠予别人，也底气十足。女人在一定时候就该有这样的底气，有好质料的衣服，两三样高贵的珠宝，以及自立沉着的内心。逐渐改掉属于少女的一些特征：爱撒娇，对男人抱有幻想，穿廉价而花哨的衣服，戴假首饰。

第一只软玉镯子是初恋的生日礼物，没有缘故地碎裂，恋爱也便告终。在寺庙里买过两只镯子，碰在一起，碎了一只。父亲买过玉镯给我。自己在云南买过两只，有一只是月白清淡，买来后刚戴在手腕上，突然就碎了。所以，玉石是诡异的，天生有暴烈的心绪，神秘莫测。翡翠是要等长大之后才能戴的玉石。玉石的温润暴烈不属于少女，它需要一个人有些资历才能与之接近，才有映衬。

有人来与我签电影合同，去她住的酒店。她顺手送我脖子上挂着的项链，穿着金色小铜铃，红色丝线上浸润汗渍，是她去尼泊尔旅行时买下的，已戴过一段时间。因为是旧的东西，沾染着别人的历史，这使我欢喜。在穿白色棉衫时佩戴它。

母亲赠送的戒指，是二十世纪七十年代的款式。那时流行嵌宝戒，现在已很少人佩戴。旧式戒指，深红色椭圆形宝石，黄金托底的颜色已经变得暗沉，样式大方。不像现在的戒指喜欢抛光，光泽张扬，样子生硬。它是年轻的母亲戴过的，觉得喜气安稳。女儿若能得到母亲的珠宝，是多么幸运的事。

觉得流行的钻石和铂金缺少一种气质。新式首饰的款式也没有以前的端庄。

在大理，看到一位当地少数民族妇人，手上戴着的厚实银镯，款式朴素，雕刻古老的如意纹。从她手里买了下来。背面刻有她的名字，重新打磨，替换掉那名字，一直戴在手上。已过数年。别人时常问起这略显诡异的好看镯子来自何处。

女人需要受到他人宠爱，这是天性。但若无人赠予郑重的首饰，自己也应购买几件。所谓能够压箱底的东西，是一份随年岁日益敦厚的自信沉着。

名　词

　　《巢林笔谈》最后一篇，罗列菊花的佳种。名字分别是：黄微、红幢、紫幢、松针、破金、鹤翎、松子、蜂铃、狮蛮、蟹爪、金超、银超、蜜珀、檀香球、月下白、青心白、二乔、醉杨妃、玉楼春、三学士。

　　名词使人觉得愉悦。一切美丽的名词，均具备理性。理性导致它的面目简洁，却是世间万物本来的样子。

种　子

时间给予感情珍重的质地，比稀少珍贵的金属更难以挖掘及开采，需要小心收藏，反复擦拭，贴身携带，时时回忆。它是宝石、珍珠和钻石，是用来收藏的财富。

大部分的人，可以笑一笑，擦身而过，相忘于江湖。少数经过时间洗刷和考验的人，要更懂得如何谨慎对待。那些深刻的感情，是要像宝石一样把它埋藏起来。宝石未必需要被人采掘去当作戒指炫耀，它也不需要皮肤的温度。

孩子是好的。亲人是好的。但是孩子和亲人是天上飞鸟嘴里携带的种子，它们落在田野里，开花结果，不种不收，自生自灭。

女性气质

少数民族的女性，身上有更自然的女性气质。头发一丝不乱梳成古老发髻。苗族女子习惯在发髻上插大朵茶花状花朵，侗族插银发簪，式样简洁。外出搭车会用毛巾遮挡发髻，以防尘土。节日的时候，再戴花冠，非常隆重。即使她们经常要干农活，做家事，头发也是不乱的。因为头发处理得很端庄，所以她们的人，看起来也大方端正。

自己纺线织布，印染漂洗，缝制和刺绣。那些质地自然的粗棉或细麻，抚摸起来手工精良。衣服不管如何陈旧，手工刺绣上各种美丽图案，颜色搭配艳丽跳脱。刺绣使衣服成为一种性情和聪慧的载体，十分自持。

佩戴首饰。耳环、项链、手镯、簪子、花冠，都不可缺少，因为贫穷，有些只在节日里使用，且用料多为廉价的白铜和黄铜，纯银对她们来说，算是奢侈。但若是经济情况有所改善，大概没有人会比她们更懂得对首饰的运用和真心热爱。她们的首饰式样精细华丽，有天然的古朴。

体形大多端正，小腿的样子好看。她们经常劳动，活动身体，所以体态均衡。吃新鲜的食物，喝污染少的山泉，那么即使很少洗澡，也很干净健康。

少数民族的女子，不会出现近视眼，不会看到肥胖。那都是城市的产物。

检　验

检验自己与其他人事的缘分，何须从头到尾，从始到终。看一个房间，扫一眼客厅正中，便知道它的气味对不对，是否正中下怀。一本书，随便读一段，便知道其中是否隐藏美妙的世界等待发掘，是否可与它彼此沉溺。看一个人，第一个五分钟，你便知道是否会接近这个陌生人。

貌似沉闷的男子，安静，有时迟钝。某些时候装得不懂不识，面无表情看别人表演，但必要时说出来的语言，句句中的，锋芒毕露。出手果断，异于常人。这种把能耐隐藏在里面的人，如同汁液黏稠甘美的果子，让人有撕破表皮之后的意外。他们的自控和节制，比夸夸其谈、耀武扬威的男人段位更高。

有节制的距离成全彼此的珍重。人与人之间若太过密切和甜腻，通常是恶化的开端。平时喜欢拉帮结派的人，其实并不团结。用文字打群架，散播流言蜚语，彼此诋毁。他们曾有过的你侬我侬，转眼就成了怨毒。人情因为缺乏中道的准则，不可预料，左右摇摆。

与人打交道，说多复杂就会有多复杂。你永远不知道这个站在面前的人，转过身之后，说了什么，做了什么。前提是理解人在不同状态不同情况下，会产生的各种复杂的可能性。这样就不会有惊诧和失望。

气　味

手洗的衣服散发出香皂味道。

在热烫阳光下面晾晒白色床单。若把脸轻伏在里面，如同沉浸在一桶热水中。呼吸它的暖气，身心俱碎。

陌生女子擦身而过，发丝轻扫过脸颊，散发出洗发水樱草淡香。

走廊里人家厨房做菜的气味，油烟和食物混杂，萝卜酱油肥肉炖在一起的富足。在冬日寒冷灰暗的黄昏，显得厚实。

父亲穿过的圆领衫领口，属于他的味道不会消退。

童年夏日午后，暴雨停歇，大地散发出泥土和植物的腥气，十分辛辣。

男子耳朵后侧的皮肤上散发出来的味道，每个人都是不同的。包括他们脖子上的皮肤。

爱在停留的时候，它的气味融合置身其中的人。而当他们分离的时候，又回复自身的存在。对方的气味是印证自我的参照。气味是遗忘的证据。

布料上散发出来的气味。

草地被割草机修剪之后的气味。

冬天深夜凛冽空气的气味。

孩子身上母乳的气息。

嘴唇里薄荷的气味，天生的清新口气。

月光之下夜雾的气味。

花朵的气味。雪后蜡梅，夏夜荷塘，所有白色的香花，茉莉、玉兰、栀子、玉簪、昙花，它们的香气各成体系。万事万物，沾染着尘埃风霜，却是和谐的天地。

年老的人，身上会散发连自己也未曾觉察的气味，如同潮湿树干上面生长的苔藓，只有凑近它们的人，才能闻到那股味道。年少清新的身体，使人感觉跨入初春的小花园，一切正在蓬勃地展望。

寂寥的人会嗅闻自己手指的气味，它记录着他所做过的细节。

物　品

　　她的照片里，能看到她晚年时，手腕上一直戴着的玉镯和手指上的一枚戒指。死去之后，她手上那枚华丽的戒指，不知到了谁的手上。她的年轻情人说，他没有得到。而她那只中国玉镯子在她死去之前，突然跌碎在台阶上。她让他把碎玉段收起来，用布包好，埋在泥土里。这是她从少女时代就戴在手上的，是她的母亲给她的。

　　在人身上戴了太多年的物品，会沾染习气和情感，不能随便丢弃，所以要埋葬起来。这是对物品的珍重，它已具备灵魂。

肉　体

人做的任何事情都有回报。再艰难的时段都可经历过尽。它只是在沉默地警告你，希望你自省，以此才可面对后续。反省。等你纯净，再给你下文。时间是这样的态度，人必须信任它。

在任何时候都不要责怪别人。干号、醉酒、狼狈的时刻，要允许它有。一切都会好起来。巨大的情绪崩溃期，应该对它有心理免疫，知道那是一场疾病，迟早会过去。是体内的激素出问题，是分泌的元素有了缺陷。过段时间，身体会调整的。

这不是人生的问题，这只是肉体的问题。

昌　盛

早上看到一条短信，说，这是你要的昌盛的生活。都可以给你。

不用事实证明，自己也可以想到，昌盛只是幻觉。

文　身

文身店位置隐蔽，做文身的男子有一双单眼皮眼睛，言语不多，手艺熟练。一般下午开店，自己亲自操作。他的收费昂贵，在行业里有一种骄傲。垂下布帘，鬼佬躺在里面，文身机发出嗒嗒轻而细密的声音。客人发出轻轻的呼吸，似有无限激荡。坐在布帘的背面，听着这声音。那一段时间经常过去，与男子一起选图、说话、看店里进进出出的客人。

不知为何，来他店里的大多为外籍男子。一个男子来与他定时间，要在背上文整面的龙和人脸，花费上万。那男子看起来说话软绵，却不知为何，要文如此烦琐吃力的图案，感觉十分俗丽。想象他脱下衣服的样子，如同一个被套着普通粗布的瓷器，褪去外壳，突然露出它的花纹，吓人一跳。

很多人厌恶这个事情。它存在风险。人似不应该主动选择去做有风险的事情。它也没什么意义。但有风险又貌似没有意义的事情，人有时会选择几件来做。这是其中之一。

那天坐进布帘的里间。柜子上的大玻璃瓶泡着一些内脏，不知道是人的器官还是动物的器官，不知道他从哪里得来，不知道是真还是假。趴在椅背上，脸正好对着这些药水里浸泡的器官，离它们的距离十分接近。要求他放些电子音乐，他放了，并且讨论起音乐。但我其实并不想对话，因为文身机发出嗒嗒轻而细密的声音，这声音使人内心安静，并且开始昏昏欲睡起来。

毫无疑问，针扎在皮肤上会疼。他问，疼吗。我说，不疼。但事实上那应该还是疼的。似乎皮肉被挖起，但又有一种格外清醒和安静的心境。他说，文身会上瘾。我觉得也是如此。

第二个文身因为面积大，线条复杂，所以时间略长。做完之后，不断有粉色的组织液从创口流出来，带着胶着的黏性，他用卫生纸擦去，撕下保鲜膜把文身的部分包裹起来。说，下楼去喝杯咖啡吗，我请你。我说，不了，现在有些疼，得回家。

创口愈合之后，有一天去理发店剪头发。脱去外套，听到身后帮着脱衣服的店员女孩发出轻声呼吸。也许她觉得，一个看起来轻淡安静的女子，不应该有文身。在她轻淡安静的躯壳下，是否隐藏着一颗与黑暗有来往的心灵。这种不和谐是使她惊奇的原因。

有个丹麦女子，在手臂上文了三个中文词组：赞神、行勇、避恶。这是很好的词。

文身的人，也许是一些看轻了肉体本身的人。他训练自己对肉体不存在幻觉。

距 离

　　习惯和一些不会见面的人，保持某种默契的亲近的关系，有女性有男性。这使我觉得和情感尚维续着联系。他们不会轻易靠近我，我也不会。但某个时刻，我们又很亲爱，仿佛互相拥抱一般。这样很好。想闻到他们每个人皮肤和头发的气味。

　　彼此更应始终保持一种清洁的干脆的关系。贪或不贪，有时仅在于对所欲占有的，是否愿意与之保持这样的距离。

余　地

女人若出于安全感的需求，没有控制天性中的缺陷，在感情中会节节败退。

提问太多，你爱不爱我，会不会一直爱我，并为此翻来覆去考验，求证，推敲，怀疑。暴露太多的人会显出脆弱，因她丝毫不懂得后退及隐藏，留给彼此的余地。每天追打电话探听行踪，自动献身，出入对方公寓把自己的东西随便放置，像个母亲一样无微不至照顾起居，姿势太过放低，态度太过热情。很多女人到被离弃的一刻，依旧不知道自己曾经做过一些什么。最终，从高高墙头一朵迎风招摇的嫣红花朵，跌堕成墙脚的一堆烂稀泥，让男人捧不上，甩不脱，左右为难。

只有一种女子，如同浪迹玫瑰，攀藤四处生长的蔷薇。她们不知归宿，在男子生命里煽动黑暗火焰，使之余生沦陷，无法解脱。

爱恋中的女子，要警觉做一朵蔷薇，哪怕艳丽而痛楚。也不要被踩成一堆黏湿可憎的稀泥。

青　蟹

有一道菜是从杂志里用笔现抄下来的，把蔬菜和新鲜肉类一起炖：洋葱、番茄、香叶、土豆、茄子、胡萝卜、扁豆、青椒切块之后，和被撒了盐和胡椒粉的羊肉一起焖烧。最后再放辣酱油、蒜末、糖和小茴香末。

青蟹属于河鲜。在集市上买了一只，放锅子里蒸红。没有用任何作料，清吃，鲜美。肉丝丝缕缕，洁白甘甜。

日本进口的汽水，带略微酒精成分，罐子是极为纯正明亮颜色：粉红、大红和深绿。分蜜桃、荔枝、苹果不同口味。不知为何这易拉罐的设计，看着都是欢喜的。

青梅酒。绿而浑圆的大梅子泡在酒液里面，能闻到果香。冰镇之后非常好喝。有人说，可以搭配西柚汁一起喝。

过路客

与女孩聊天。她曾逗留在云南的古老村镇，喜欢那里的宁静气氛，花钱租下当地居民的大院子，种树养花，开了一间书吧。

在那里开店的人大都是外来客，长期隐居。白天各自工作，晚间聚集在一起，打桌球，喝酒，聊天，围着火堆和大狗，夜夜笙歌。只是她说，时间一长，就会发现有很大的问题。与这些人从来都做不了朋友，不能交心，谁也不会说出自己真实的过往和计划。每个人都有秘密，都会有突如其来的举动。即使是彼此感觉很相投，也是两三天就要散。她说，在那里交不到任何朋友。

但这未尝不是合理的方式，对走在路上的人来说，过客流水一般来往，彼此无情，符合想象。他们知道人与人之间的欢聚能使人生的速度加快，但在内心深处，强大孤立，并不依赖，也不相信。不需要长期驻留，这会使人有负担，也是无法承受之轻的纠缠。

所谓朋友的意义，不过是锦上添花的热闹。每个人内心的深渊，如果有痛苦、回忆或者其他，始终只能自己临崖独立，对峙这压力。他不可能让旁人来参观这深渊，人与人之间的理解完全南辕北辙，也很少有怜悯。大抵就是如此。

所以，何必留恋，何必寄予对方长久的厚望。拥抱之后，一拍两散，彼此相忘。这是过路客的方式。

重　复

　　所有的时间都在重复。跟随他走入黑暗之中，仿佛走入匮乏的童年。时时刻刻。你需要的拥抱，是玻璃货架里面的那只洋娃娃。母亲不给买，你赖在那里不走，哭闹。于是被打骂之后，强行拉走。有谁告诉你，喜欢的东西就必须要得到，要始终得到。得到之后你是否会厌倦，再次把它丢弃。

　　我想做温顺的孩子。如果我听话，匍匐在你身上，疲倦，并且轻淡，你是否会给我，我所想要的一切。你慢慢地一样一样拿出来，猜测我的所向。

　　我其实并不知道自己要的是什么。

烟　花

我懂得之后的黑暗冷落，确定无疑。

但是烟花已经在头顶劈头绽开。

家

对我来说，有太长的时间，一直消耗在漫游的路途上。小时候被寄养，成年之后四处漂泊，始终在搬家。各个城市的无数次迁徙，大大小小，平均下来，大概每半年搬一次家。从带着一只行李包开始，到用搬家公司驮满整整两车的物品，有大床、沙发，那么多的画、瓷器、唱片、影碟，以及一直都让工人头痛不已的大箱大箱奇重无比的书。

从一座城市搬到另一座城市，从南边搬到北边，或者从一个人的家里搬到另一个人的家里。流离失所和寄人篱下都不是轻易的事情。试图获得一个稳定居所，最终成为内心情结。三里屯是租过的最后一处房子。陈旧老式楼房，窗外有高大白杨，早上醒来，大簇树叶在风中翻动，总以为在下雨。后来这楼房被拆掉了，又一次搬家。最终我决定给自己买一个房子。

在家里，放下一张樱桃木大沙发茶几，一扇手工描花的屏风，一盏枝形小吊灯，一只牡丹蝴蝶漆画的红色樟木箱子，配上零星中式家具。这个空荡荡的房间，逐渐塞满物品。买过旧的衣橱、椅子，还有一个古老的梳妆台，有破损的花纹。旧的东西依附太多未明的能量，会对人产生影响。因此有一段时间，经常点着檀香来消除不明的能量。

清晨在二十多层的房间里醒来，搬进去还未来得及挂上窗帘。睁开眼睛，看到的大落地玻璃窗之外的日出。绚烂朝霞，喷薄日出，有着沉郁而恢宏的场景。这样的奇迹,是新年的第一个收获。终于,有了一个暂时安稳的家。

有时会因为遇见一个男子,为了与他在一起,再一次离开自己的房子。拿了简单的书和衣服,搬进他的家里。白天他去工作,我留在他的房子里写作,照顾阳台上的花草,在厨房里做烹饪,清洗他的白色衬衣。有时候他很晚才能结束工作,我在客厅里看书。

在觉得难过或者孤单的时候,想回去的,依旧只是自己的家。打开房门,因为久不居住,空气里有陈旧灰尘的味道。暖气的温度很高,一屋子老式家具还是沉静美丽旧日模样。拉开白色床罩,把旧被子抱到沙发上,喝威士忌,直到醉醺醺入睡。后来习惯偶尔以酒精解决内心问题。也许是因为无法对他人说出心里的周折。那是无法消解无法说明的,心事如同羞耻。

如果有一个房子,可以让人喝醉,埋起头来哭泣,放下所有的羞耻和秘密。它就是自己的家。

越 南

越南女子抽烟很多，只习惯穿黑衣服，说，如果穿其他颜色的衣服就不自信。一年她翻译二十多本外文书，工作量惊人。送给我咖啡和咖啡器。那只越南咖啡蒸馏器，是锡做的，咖啡压在下面，放上热水，深褐色的液体滴到下面的玻璃杯里。它使我想起在河内炽热的街边小店，喝咖啡休息的时光。

阳光，白云，绿树，碧蓝大海。想再回去那里。

叙　旧

与故人叙旧其实没有意义，因没有留恋也没有悔改，有的只是一种荒芜之感。人若变老，就会无情。要做到大步向前的人，必须踩着脚下血肉横飞的尸体前行，不管它们是否腐烂或苟延残喘。

某种意义上说，重感情的人也可以在内心又是广漠而无情的，这个说法，并不矛盾。

也许他早已习惯在矛盾中与自己平衡相处，不停起伏动荡的小波浪汇聚成一片寂静的海洋。这是与时间同步的趋向。

捉迷藏

栀子花开得很好。花骨朵带着紧张感，蓄存力量，等待绽放。三天里面开出七朵花。浓香的洁白花朵，那种芳香，恍若让人失魂落魄。有时候刚看完它，走进书房里工作，再出来，另一朵也已绽放。

神秘而不为人知。似乎在与人捉迷藏。

曾一起吃晚饭的男子，突然一天里打来三个电话。高涨的热情，产生不适应。明确制止了他。大概成年人的乏味就在于此，情感的乐趣使人产生及时喝下眼前热汤的急躁，理性克制已显得古典。

若无古典的心绪，所谓的恋爱，看起来只是重复的程序：吃饭，见面，约会，聊天，上床，平淡，厌倦，过程太过明晰。又会有什么意外收获。

花朵的游戏更有意味。因为它没有目的和程序。

谈　话

　　与台湾的出版社编辑吃晚饭。他点意大利面条，一杯白酒。花很长时间，讨论共同喜欢的一本小说，然后各自回家。他比我年长，说话的时候，总是我多他少，然后他给我建议。看来，年龄差距会决定对话的模式。他尚未厌倦这个模式，那么还好。这样的聊天，其实并不对等。他比我博学得多。

　　同样，在MSN[1]上听一个人对我说二楼的露台。只是夜半倾谈，一句一句地接下去。有时候人与人之间的交谈会产生黏性，一言一语，似乎没完没了。所以要及时断开。这是奇怪的感觉。平淡如水，一句一句地说着，可以一直接话下去。很久未与人这样聊天，仿佛水流在稻田里蔓延，润泽的感觉。

　　有时，与初识的人相见，在某个空间里彼此共存，格外安静。抛开在人群中的热闹面具，逐渐露出孤僻倾向，闷闷地，静了下去。仿佛彼此已很熟悉。仿佛只是如同和自己相处。每次一开口，说的都是实在并且深入的话，从不敷衍，如同知己。这种天分像埋在地下的宝藏，闪烁着光芒，早已存在。如果对方知道挖掘的途径，将丝毫无障碍。

　　有些人，哪怕陌生，在质地和强度上，趋向于融合。仿佛水滴渗透在泥地里，彼此的属性刚好对接。如同一起站在春暖花开的小花园里。

---

[1]　MSN：一款即时通信软件。

寂　寞

自然是有过寂寞的时候，不知道可以找什么人出来聊天。独自在小餐厅吃一份咖喱海鲜，要布丁和抹茶，坐在那里看完所有的杂志。店里通常没什么人，三个欧洲人在喝啤酒，两女一男，交谈热烈。又来一个鬼佬，坐在我身边打开笔记本电脑，执意要喝热的茶，坐一会儿，结账走人。

在百货公司二楼咖啡店里，一位女子经常独自出现。拿 LV 的手提包，独自度过漫长下午，对着镜子扑粉，抽烟，翻阅过期杂志，喝摩卡咖啡，有时对着手机说台湾腔调的国语。她的小腹隆起，姿态慵怠，把包留在桌子上去上洗手间。

有年轻女子与一鬼佬搭讪，姿态主动至极，言辞乏味，答非所问。两个人云里雾里，完全不得要领。

所有人的不可自拔。

每个人都活在自己的囚笼之中。

疼 痛

疼痛会一天比一天少。各自收割毒种，各自吞咽，各自回报，各自医治和复原，各自获得新生。那个蓝色的小孩子蹦蹦跳跳的，回到最初的子宫里。子宫总是黑暗静默，这样伤害也便可以自动沉默。如果感觉胸口空了一块，干呕一下，也就可以顶住。

在为什么难过呢？无非是贪嗔痴。没有任何理性的纠缠，不过是被行星引导的毁灭倾向。但是行星很快要改变方位。被挖空的血肉也必定会被重新组织生成。

被忘却，被记得，都是别人的事情。生离，或者死别，意味着一个人的消失。他被消灭，被剥夺。喜欢回忆和沉浸的人，是可耻的。

细细探索事情的真相，就会发现，你为之难过的，只是幻觉。它跟事情没有关系。

事情的结果是，它已经告终。你对新事物的选择和因缘再次开始。

自　由

随着年月增长，人应增加更多的客观性和疏淡。

如果对自身生活的理解，产生停滞或紧守，那么，即使是自由的人，其对应的领域跟朝九晚五置身一间日光灯苍白的办公室里打发余生没有两样。那些被消耗掉的时间和青春，在自以为逃脱和离弃之后，这种苦痛并未能够消失。也许这是生命本能的苦痛。它和生活在何处何时，没有太大关系。

卡夫卡担任一辈子职员，没有被阻止成为一位作家。如果他不做职员，成为自由人，也许能写得更多，或者写得更少。但他对城堡的感受，会是另一个途径。

当人获得自由的时候，自由本身就成为他的束缚。人走到哪里，都是在城堡之中。

不要做别人的偶像。不要被参观。

人的生活一旦被展览，就会失真且变味。周围演戏的人够多了。

表　达

有时人不能表达自己的感情。

说出它来，就如同把赤裸的婴儿，袒露在他面前。他抱起也好，放下也好，不理不睬也好，伸手扼杀也好，你都没有防备及抵御的能力。因为你爱他，你执意脱尽遮蔽，退却心智，弱化意志，以必败的姿态，出现在他的面前。你爱上他，即刻已是他手下的俘虏。谁先爱，谁爱得更多。即使再步步为营，一步走在前，便全盘皆输。

男女之间的爱情，其本质，恍若一场政治或战争。也许比这更为无情。

如果人没有感情，他就能够不被消灭。而最终结果是：人最终还是被感情消灭。因为感情带来欢愉和幻觉，它使我们节节败退，溃不成军，打落到尽头。并且一再重生，从不断绝。

保全感情的途径，在于退而守之。剧烈表白，强势逼近，纠缠到底，诸如此类的姿态，无非是把自己推近自尊的悬崖边缘，进退都是两难，无法给予自己过渡。失去或从未得到过一个人，倒是其次的事情，翻来覆去折损的心该如何来收拾？说到底，疼痛，那只是自己的事。

有些关系如同黏合的肉身，横空劈一刀，清醒感受这两瓣肉体趋向各自完整的过程，血肉撕裂，经脉缠结，无可阻挡地反向倾斜。这纠缠越细密紧致，拖延的时间越久，疼痛越久。有些则一刀下去，就干脆分离，干燥肉身，仿佛从来就未曾互相融合过。两边的肉身早已断然死去，只不过是空落躯壳完成这分离过程。势无挽回，不过是苟延残喘。

成年人在感情之中得到的慰藉，不管是友情、爱情还是亲情，都需要让它沉堕到黑暗之中，保持静默不语的容量。它不发散，才具备内核。若没有内核，则只是一个概念。在日常生活之中，这概念很容易被退化成功利性的心理需求，是用以把玩的工具。功能有很多，例如谈资、流言、炫耀、是非，种种。

因觉得它的存在是端然的，并且严肃，拿出去说，它便有了嫌疑。

真实的感情是浑然天成的、单纯的，自然并且简单。

凋　谢

胡兰成在他的书里，提起张，说，她的文章人人爱，好像看灯市，这亦不能不算是一种广大到相忘的知音，但我觉得他们总不起劲。我与他们同样面对人世的美好，可是只有我惊动，闻鸡起舞。

他也许是最知道她的好的男人。好得"不能被用来做选择"。她也明白这一点。所以离开他，写信对他说："我也不会再爱别人，只能是凋谢了。"

煤　炭

你的眼泪掉落在我的脸上。外面天光已亮。去哪里寻找一个与世隔绝的孩子，情路坎坷，我是否要把你带上我的旅程。我已经走得如此缓慢，方向不明，所以要有犹豫。带你前往大海，还是一片需要穿越黑暗的森林。

抑或留在原地。不要如此留恋，眼泪会让你无情。某天，你会想起对自己的失望。为何眷恋走在路途上的陌生人。她停一停，喝掉你手心里的水，然后在天亮之后，再次启程。

我入睡了，不必观望闭上眼睛渴望安睡的孩子，等待她醒来与你玩耍。在忘记我之后，你依旧要在与世隔绝的屋子里生长，像朵深蓝色鸢尾，悄悄开启细长花蕊，愉悦地老去。

你对我招手，来，来。这样温柔殷切。我靠近你，打开胸腔，摸索一路收集的黑色团块，找不到发热的煤炭。

表　白

仿佛已是冬天，空气中有萧瑟的味道。生活的病态。他对我说，你其实只是想要另一个人在旁边待着。那个人是谁根本不重要。

但那个人是谁终究还是重要的，决定待得长和待得短的问题。

男人温柔的表白，句子简洁。一个男人愿意承担感情的责任，那么他的心此刻是干净的，勇敢的。与此相反，是沉默、躲避、不自信。

"因为我自己好像也不幸福，不然也不会遇到谁，就觉得有好像黑暗当中透过亮光的感觉。实际上多数时候感觉还是在黑暗中。只是我不需求幸福，只想变得强大。"一个朋友在MSN上所说的话，解释他的新恋情。

他说，让我在月光下看看你的脸。于是他把她的脸放在窗边，那里有微光，很明亮。轻呕，芳香感，热烈，有力。他不知道这是一种医治，是应该被感恩的。终止痛苦，医治自己，附带医治别人。

杀戮的时候，已经过去。

等　待

　　停留在一个地方等待。等待内心的愉悦晴朗和微小幸福，像春日樱花洁白芬芳，自然烂漫，自生自灭，无边无际。等待生活的某些时刻，刚好站在一棵开花的树枝下，抬起头为它而动容。那个能够让人原地等待的所在，隐秘，不为所知，在某个黑暗洞穴的转折口。

　　有时，觉得自己对人与事情的感情都不深切，因此他人也无法给予深切的回应。

　　有时，觉得自己可以这样执着地爱着，耐心和缓慢。

　　有很多很多话，我不能告诉你。即使有人爱着我或遗忘我，那也是不能够的。

「夏——大端。两忘。捕风捉影。」

写　作

写作。这是持续了将近十年的事情，为此消耗漫长的时间。独自待在一个房间里，空无一人，寂静渗透到骨头里。暂时中断和所有人的联络，别人也因此决定遗忘你。这是代价。

反复吞食，填塞，渗透，过滤，沉淀，消释，剧烈地分娩之后，留下破碎、空虚、衰老、创痛、薄弱。它们被一次次地使用，消灭。这整个衍生的原理，就和宇宙规律一样客观。是和天上的星辰排列，地上的大河入海，同样整齐有秩序的事情。它是这样单纯的事。单纯得如同一种真理。

古代寺庙里描绘壁画的僧人，从日出画到日落，即使在黑夜，手持着蜡烛也要继续工作。用尽一生，立定心意，只做一件事情。一个手持画笔的僧侣，在无人的大殿里面对他的空白墙壁，也是在无垠的时间里，面对他的界限。对抗这虚无，与之对峙。

打开门走下台阶，有日光照耀的世间，但是他的世界只在于此地。他的使命把他囚禁在此地，为自己内心的任务而存在。与世无争，没有边界。

归于虚无的书写也是如此。

书　写

有时我会幻想自己能够暂时结束写作。休息下来，无所事事，阅读尽可能多的书籍，一些无用而古老的书。在心里筹备远行的路线图。或者遇见一位男子，与他结婚生子。

某日，在天初亮的清晨早起，喝水，散步，清扫地板，擦拭书桌，清除电脑屏幕和键盘上的灰尘。坐下来，面对光线清凉暗淡的房间，独自一人，打开电脑。建立一个空白文档，在发出荧光的屏幕上，打出第一个宋体五号字。填满这空白，保存它，让它成形。一次一次修改，剪切，粘贴，重命名，删除，清空。打印出来，用笔在纸上修改。重新在电脑上修改，直到它被确定。

于是我发现自己又开始在写作。

有时一本书的命运，在落笔之时就已有既定的轮廓。停笔之时，便无变更。

在书店里见到自己的书，觉得它陌生，不与它对视，不过去抚摩它。也不把自己的书放在书架上。它们都被装入纸箱，塞在柜子深处。不喜欢拿自己的书送人。有人要我在书上签名，总使我有些羞涩。

书仿佛是蜕下来的旧壳，余留着创口的血液热气和温度，只有自己能够看见。换上新躯壳的人，对它们有羞耻之心，也无留恋。

有人阅读，让书写具备紧张感。仿佛黑暗中有个人坐在对面，观望光束笼罩中的自己，心有自知，使一种自我存在的凛冽，与黑暗建立格外明确的对照。仿佛潜伏在深深海底，探索光线在海水中闪烁的神秘不定。

有人说到书写所代表着的沉默：没有人给他提忠告，他也无法给别人忠告。

书写，那只是属于自己一个人的事情。

筛　选

　　人的内在性格，决定他们对事情处置的态度不同。有些进入迅疾。有些渗透缓慢。有些若即若离，趋向消极静默之后，再回头衡量，看似变化多端的进程，接近完美主义的作风：总是在不断调校与人与事之间的距离，让时间筛选和过滤掉，一切在最起初无法判断其珍重性，且可能实质也并不坚定的事物。最终留下来的，就是合适的、长久的东西。

　　简单的例子，想想这几年的生活中，在身边缓慢消失掉的那些人。那些已没有音信且自己不想起也没有留恋的人。他们是这样被筛选和过滤掉的。

　　生活越发地沉默。

　　等待所有应该消失或趋向消失的人，自动地迅疾或者缓慢地消失。

困　顿

　　如果生活里没有写作，它将会如何。每个人的生活，需要可以得到内心支撑的形式，也许有时比有形质、有目的的存在更为重要。

　　我和 M 在餐馆里，谈到一种困顿、一种质疑。有些人五年写一本书，有些人一年里写五本书。花太长时间去写一本书，说明他不够用功，有太多时间浪费在其他事情上。花太短时间去写一本书，他不是在创作，是在制造。我无法与他们相同。

　　冬天的小西餐馆：店铺狭窄，暖气不足。菜式尚算不错，热面包上有芳香的烤奶酪。来此就餐的多是老顾客，因环境的恶劣，显得格外强壮。老板是法国男人，在北京生活多年，亲自帮厨。很瘦的男子，手腕上戴着一只粗圆银镯。他在敞开的小厨房里工作，或在柜台后面结账，这是他的领域所在。他在工作时有稳妥的满足和简单的目标，这使生活鲜明。

　　虽然生意冷清，总归会有人来吃饭。吃饭是必需，让身体新陈代谢继续，让人愉悦，安全。但人未必需要写作。大部分生存其中的人，都不写作。他们写报告，写策划，写新闻，写专题。他们书写，但不写作。写作是对自我的怀疑，对外界的怀疑。这种对抗使写作的人与他自己的生活不和谐，他从生活中得到的乐趣日益衰退。

写作的虚无在对峙着时间的虚无。两种虚无纠结在一起，因此显得左右为难，无法轻易获得路途。因从未获得过答案，一直对过程孜孜不倦地探索。还要如何写下去？为什么而写？

如果写作是一种治疗，那么这种治疗充满矛盾。一边自我控制一边反复刺激病灶。扩大，试图收敛。疼痛，试图麻木。剧烈，试图回避。伤害，试图完整。它不禁让人产生畏惧。一个人写完第一本书的时候，不会畏惧。越写越多之后，畏惧开始出现，如同跋涉到临渊深谷，看到前面漫漫长途，巍峨峰顶，不知边界何在。因为畏惧，人必须经常询问自己：为何如此，又该如何继续？

这是危险的处境。写作的人，不能轻易对自己的工作产生怀疑。如果他对写作产生怀疑，他是对自己生起疑心。这种疑心若不加以控制，会让人失去生存的勇气。所以，创作者容易产生生命障碍。那是无法被解决的问题，甚至不能被讨论。

你终究会逐渐或者最终发现，写作是孤立的生活方式，孤立的存在状态。人有时对孤立无法言说，词不达意。孤立的核心不能被探测，无法被判断和下结论。若要谈论它，不过是将错就错。如同对待一切无法用语言解决的问题，最后只留下微妙的沉默间隙。

如同那一刻，我和朋友 M，执守一个无法获解的问题，在小餐厅里，面目沉闷地相对而坐。

戏 子

被突然推到戏台上的人，面对底下黑暗处，人头攒动，凶吉难辨，深吸一口气，决定开始。起初不过是强作镇定，但是他逐渐忘却观众，在一束光中起舞，不露声色，倾情投入。直到黑暗之处变成一片白雪莽莽的原野，再见不到他人。肉体也欲融解成光束中的尘埃，四处飞扬。

心已在人头涌动之上一厘米的距离。他无法被触及，也不被所伤。掌声和咒骂，此刻不过是底处的微波余澜。

没有一个舞者可以镇压全场，他们拥有的只是特定的看客。那些循迹而来的人，面目不清，喜怒无辨。看客，是黑暗所在。有时这黑暗是为了衬托那束光。这光亮曾是他的障碍，后来成为他的形式。他唯独忘记了自己的目的所在。

开始之前，结束之后。如何面对这两个时段，足以考验一个戏子的天分。

讨 论

貌似辉煌宏大的作品很多。它们面具相似，以晦涩复杂、修饰内容的虚浮投机，以主题博大、覆盖思想的贫瘠平庸。它们唯独无法掩藏真诚的匮乏，这种真诚包括对心灵和自然的感情，对善与恶的感情。没有宽悯，也没有愤怒。因为缺乏对自我的体察，或者说，并不存在自我的标识，所以在大众的普遍人性沟通中，也找不到任何可参照的立足之处。

这样的作品，制造文学的虚假繁荣，自娱自乐，却与读者大多没什么关系。读者也根本不关心它们在写些什么。因为那不过就是辉煌宏大的作品，且是貌似。它们经常被拿来高雅地讨论。

人若对自己的写作没有付出感情，它就不具备血肉。有着野心的架构，披着表演的外衣，即使能够获得再热烈的起哄吹捧，依旧是一堆骨架。这堆骨架无法支撑真实的内省，也没有自足的优雅。它们又往往俯视具备感情的作品。

如果一本书里，有真实的情感和人格，这种坦诚是会被攻击的。只有读者需思索和识别这些真实。而在一个充满功利和表演欲望的书写时代里，这样的文字，常被衬托得有羞耻之心。阅读它的人，也不习惯在众人中讨论，仿佛这样会袒露他自己的心。他只是把它放在枕边，带在路上，留在回想里。

话　题

M是唯一坚持对我打电话的人，喜欢用长途电话与我讨论各种话题。

他说起写作，谈到优雅、深刻、开阔、简单，认为这个功力级别，大部分写作的人都只能达到其中两点。只有博尔赫斯和奈保尔让他觉得能做到四点。文字之间最大的区别，即是否具备了神性。他认为库切、耶利内克等，都是没有神性的，虽然有时显得优雅。杜拉斯很优雅、很深刻，但又不够开阔。

说，写散文只当兴趣，小说才是重量级。要不断累积这个重量级。这就像举重，每次都要奋力举起更多的重量，力量会储存在体内。终有一天，会举起最重的那个杠。但是极限在哪里，会令人迷惘。在达到极限之前，必须坚持练习，坚持负重，坚持自控。总是做容易的事情是不对的。

又与我谈到两类作品：一类是，它能够说出人们的所思所想，表达妥帖恰当，让阅读的人对号入座；另一类是，它所展现的东西，超出预料，他根本想不到它会说到那里去，但那里有他隐秘陌生的心思，所以足够令他震惊。

他说，美的事物无关雅和俗，无关新和旧。它就是美的。
他说，人要追随更强者的脚步，同时接受被弱小者围攻啮咬的状态。

房　屋

在梦中见过最多的地点，是房子。

各种各样的房子。有的在大海边，分割古怪，空间敞开，中间伫立白色圆形柱子。有的在山腰，房子有一间一间的结构，打开窗户，看到外面碧蓝大湖，天色却很暗。有的在小巷子弄堂里，是一个分明的旧式的年代，人影憧憧。我不知道自己为何来到这些地方。在梦中，它们似乎都是可以住下来的家。

曾经在梦中去到同一个房屋。它的位置时常变化，在海边，山谷之中，郊外或某个城镇区，但结构和外形一样。一幢大屋，三层楼高，看起来坚固并且华丽，也很陈旧，可以肯定的是，它是西洋式的，不是属于中国的建筑。

我对它有熟悉的感觉，总在梦中回去那里，仿佛出了很久的家门。每一次又都有所不同，总是对它不够了解。似乎它内在隐藏未知的恐惧，它的改动和变化属于无尽的黑暗的褶皱。

那天，在梦里，有人来通知，要搬回去那个大宅，每个人都要提前去挑选好自己的房间。这次，它的位置换在一大堆低矮的民宅后面。突兀高耸的一幢三层大屋，入口很隐蔽，并不是那种堂皇大门。要从背后狭小走廊里穿过去。梦里暗示是，房间非常多，此刻时候还早，可以多看多选，做出决定。我看到二楼的结构，依旧是以前熟悉的：一条走廊，两边挨次排列不同房间的门。先选朝南的位置，一扇门一扇门打开，看到一个一个不同的房间，里面的家具、颜色、风格都是完全不同的。最后两扇小门，隐藏着地下通道。又走到北边的位置，一扇一扇推开关闭的门。里面依旧是各式各样不同的摆设。有些房间里有好几张床，躺着陌生人，看不清楚身体和脸。

最终南面最后一间正房，在已经打开过的房间里，最合人眼缘。拉开厚重的丝绒窗帘，巨大落地玻璃窗，东南西的半环形视野，正对着楼下的一个广场。有大花园、水塘和喷泉，人来人往，十分热闹。太阳亮晃晃的，让起初黑暗隐蔽的房间，顿时鲜明。我看到镶嵌银丝的绸缎椅子，橱柜的雕花镜子镶着珠贝母，床边茶几上堆满瓷器、银器、烛台、香炉、照片，大花瓶里有枯萎的芍药和丁香，水晶杯里留有琥珀色酒液。物品风尘仆仆。精美的古典风格的实木家具，剥脱颓落，似已过了好几百年。在拉开窗帘的瞬间，就像打开藏满宝物的洞穴的黑暗大门。"唰"的一声，一切跌堕失色。

此时感觉已经很熟悉。这样的动作，这样的结果，是呈现过多次的。我在发现它们的同时，觉得亦不过是在重新检查一遍属于私人的历史。

这样，就醒了过来。

摄影师

一段来自摄影师寇德卡的采访。

"我不习惯谈论自己。对世间的看法尽量不在意。我知道自己是什么人，不想成为世俗的奴隶。如果你总是停留在一个地方，人们就会把你放在一个笼子里。渐渐地希望你不要出来。

"我没有重复的兴趣，在不知道该如何继续下去的时候，我不想停留。自己构筑的世界非常好，但有时候要破坏自己的构筑物，必须这样。

"一个人旅行，风餐露宿。长期的孤独生活，大概在我体内种下了某种观念。"

咖啡店

深夜十二点零九分，即将关门打烊的咖啡店，服务生脸上倦意暗浮。吧台后煤气炉灶和蒸馏咖啡机制造出热气、声响、火光。空气里有打碎的奶酪和羊角包气味。有人在冰桶里舀冰块，冰块撞击出声音，各种刀叉碗盘的撞击声，咖啡机的隆隆声，铃声，橱门开合声，客人移动椅子的声音，纷杂脚步踩过木地板的声音，起伏声浪像潮水冲击耳膜。

我不能在家里工作太长时间，在咖啡店里可以。在属于自己的房间里，经常有需要与之抗衡的能量。有时它令人激奋，有时则令人沮丧。在公众场合，写作更具备专注力，在开放事物的参照中凸显出秘密的特征。

需要一个角落，使人感觉似乎站在世界的中心。

在咖啡店里，有很多人在工作。他们写工作计划，写论文，写剧本，写策划书，写可行性报告。没有人说话，无人过来聊天或者相爱。因为孤独，人必须选择工作，或者写作。

我总是宁可选择停留在陌生地。因为不安，因为不够暖和。在陌生之地游荡，在不同房间不同睡床休憩，在一处喧闹的公众咖啡店角落里写作。这是对我自己的治疗。

话

心有猛虎，细嗅蔷薇；盛宴之后，泪流满面。

这段话是一个人复述的。他说是在旅途中，经过某处小县城，在被拆毁的残垣断墙上看到。人早已断了联络，字还在记忆里。仿佛这些字是为了与我邂逅而生。

孤　立

要表达的东西朴素真实，没有炫耀，没有花招。有哲学观的作者，会做以时间为界限的表达。那种漫长缓慢的变动的力度，使人感同身受。

红花要有绿叶配，独特的个性一定需要平庸来做铺垫。因为卓尔不群，就需要被划分在一个大团圆之外。

书的质地和个性，决定了它所遭受的境地。那些只能在夜晚静静地打开和阅读的书，那些会让阅读的人坐立难安的书，它们是神秘的，不能被轻易说起。

大部分的阅读让人感受不到趣味。人应只需求真实自然的存在，而对人造的肤泛的信息或思想，采取回避态度。有些人坚持不读报纸，不看电视，不听电台，他们对这一切始终有抗拒，他们是清醒而又寂寞的人。

孤立的写作者，不愿意融入虚假繁荣的写作者，拒绝彼此热闹地演出双簧。他们被排除在边缘，是被放逐被冷淡和排挤的角色。这条欢欣作响的文学流水线，不需要这些沉默独特的人。他们是珍稀的手工作业者，充满力量，一意孤行，另辟蹊径，孤军奋战。他们所获得的支撑，来自信念。来自世间之外，不在人世之中。

战　刀

那一日，梦中印象最为深刻的是一把战刀，日式的，拔出来异常铮亮，刀刃锋利，形状宽大。捏在手里，是明确的武器。看到自己手里捏着这把军刀，似有任务即刻就去劈人，且劈完之后自己也必将殉命。就是这样的使命，知道自己必将被牺牲的使命。

另一段落，梦见一位男子，他欲带走我的一块方正的手绢，繁复古典的花纹，平整，没有一丝皱褶。他说，我想拿走做个纪念。

又有一次梦见雨水中某处景象，山色翠绿，天空湛蓝，空气湿漉漉，景色隐藏在云雾处。近处有白色桃花一层层开放，花瓣打开的过程很清晰。拿出相机要拍下来，相机却因为雨水而生锈，无法打开。

潮　流

对曾经风靡一时的文学现象或潮流人物，所有的评论体系、出版市场、媒体都会爆发出亢奋热情，热心制造概念和标签，引导舆论关注。他们各有目的，都想从中获取实际的利益。只有置身其中的人，无论他是自愿参与还是被无心拉入，终究会成为这众多力量谋合与摆布下的牺牲品。有太多例子可参照。

人的观点和标准彼此交战，各自狭隘目的及见地，营造出热闹喧嚣，也不过是泡沫。人所应遵循的，是来自头顶上端的精神力量，绝非身边俗世人群的推搡哄抬。

若不想被这潮流牺牲掉，必须贯彻自己的意志突破重围，一走千里。必须违抗这些独断的刚硬的评价体系，对抗它们的势力。

真相和误解，有时不能被自己呈现和突破。要等待时间消逝，做出审定。

只有时间能够过滤和洁净这人为的一切，淘汰所有虚弱的权力留下的痕迹。

凡·高

法国电影《凡·高》。片头是画布上浓重的纯蓝色，笔头在上面掠过，发出唰唰有力的声音，有一种潮水般错觉。片子基调冷静。大量欢乐镜头充满寓意：聚会时嬉戏和表演，乡村舞会，沙龙里的狂欢和男女情爱，乐曲，歌声，美酒，笑声，人群，青春的女性躯体，源源不断地出现和持续。

人生表象热闹和愉悦的一面，似乎起着背景衬托的作用。回到文森特的处境，只有他无法缓解的荒凉自处。属于他的人生，是在田野里对自己开一枪，然后躺在阁楼单人床上等死。床单和墙壁雪白，床头放着一把旧椅子。一些人轻声地来来去去。他们无法参与到他的荒凉里面。

一个朋友曾经去甘肃支教，默默工作一年。问他的感受，他说，这件事情对那些孩子的影响或者对中国教育现状的改进，不具备任何作用。这只是针对自己发生的一件事情，他的内心在这件事情里获得很多，改变对人生的看法。那已足够。凡·高在田野边画画的时候，一定是被那些云朵和果树的美打动着。他的被时间审判的才华，是他的天性。只不过人的世界后来给了他回报。但有些人即使被审判之后也未必能得到这回报。这是个区别。

"我喜欢更简洁、更淳朴、更严肃的作品，我需要多些灵魂、多些爱、多些感情。现在已经到了联合起来大声疾呼的时候吗？或者，既然这么多人睡着了，他们不喜欢被叫醒，最好还是自己独自做些力所能及的工作，做些自己单独可能并能够承担的工作……即使以后我能够挣得多一些，我也将永远在与大多数画家不同的范围里活动。因为我对各种事物的观念以及我想画的那些题材毫不留情地要求我这样做。"

孤立的处境虽然危险及代价巨大，但真正的创作者，甘愿把自己的痛苦及超脱生命污泥寻求净化的使命当作供品摆上祭坛。有些人左右逢源徒有虚名，有些人则继续被蔑视或误解，远离喧嚣人世。

收集所有关于他的电影。他丢掉手枪，捂着腹部从麦田里转道而回的时候，雷雨将至的天空乌鸦飞窜。在一部电影里，他要求弟弟提奥给他一根烟，他叼着烟死去。有些不是。看他如何在被后人想象的镜头里，一次次地死去。死在他的小阁楼里。他的真相是他的秘密。这样很好。

奥维尔。我去到那个一万公里之外的小镇。走上狭小阴暗阁楼，看到他的单人床。采下田野里两枝长茎的黄色雏菊，放在他的墓碑上端。这朴素的花朵一定是他所喜欢的，所有热爱大自然的人，乐趣只来自天与地。我为自己对他积累如此长久的尊重，此刻获得的相会，感觉欣慰。

在北京画廊里，看到过大部分当代美术作品，即使是被炒作和拍卖出高价的当红画家的作品，充斥的也大多是媚俗形态、虚浮概念和浅薄的趣味。这样的潮流和作风还将继续发展下去。现在我们的确绝少能够看到一幅充满感情的静谧的作品，能够给现实生活和远大的精神带来光芒的作品。广渺天空中，光亮已暗淡，只有逝去的星辰还在闪耀。有些人属于人类共同的财富，不隶属于某时某地。

还有画家会在田野里站立一下午，只为画下春天的玉米地和桃树林，画下那些光与影，那些植物的芳香和灵魂，以及纯朴的农民在田地中劳作的自然姿态吗？还有人在绘画的时候，一边对画布涂上颜料，一边对着置身其中的风景，发自内心地赞叹和深深沉溺地欣赏吗？美。这一切的美。对美的真实感情，让一个人的心里曾经如此狂热、激奋、孤独和痛楚。

"我在探索，我在奋斗，我全身心都奉献于此。"他是一个两百年前落魄至死的贫穷画家。他是永远的凡·高。

姿　势

每天保持写字，是保持在一条河流里游泳的姿势。这样才不至于被淹没。

但是一个不靠岸的人，能够一直游泳，直到筋疲力尽而死吗？

不知道。先一直游着。有时候看看岸边，若有花草繁茂之处，阳光又正好，不如歇脚休息。

然后呢？

又开始游。一个只能在水中生活的人，无法在土地之上存活太久。

他将死在水中。

将死在游泳的姿势里。

将死于竭力而不是窒息。

清　朗

　　清少纳言的《枕草子》，有时时处处的体会，用心良苦。写下晚凉、菖蒲的香气、余香、月夜渡河、湿衣、青麦条……种种微小事物，后面加上一句"……这是很有意思的"。有意思，是来自那个清淡自然的女子的笃定。

　　有些人写字，总是目的不明。以文字搭舞台，展示野心勃勃的动机。有些人写字，是写给自己看，天真洁净。最根本的，依旧是坦然自处，先取悦自己的感受。

　　不落爱憎的，悠闲无用的，是这样的心得：清净的东西是将水盛在器具里的阴影，危险的事情是坐在黑暗中吃覆盆子，想见当时很好而现在成为无用的东西是云间锦做边缘的席子，漂亮的东西是木刻佛像的木纹，无可相比的事是同是一个人，没有了感情，便简直觉得像换了个人的样子，感人的事是鹿的叫声……《枕草子》的好，在于它看似琐碎细微，却有着清朗的情意。

　　在内心里，需要真正能够让自己沉静和明确的文字。但它们大部分只会来自一些经典古老的文字，似乎和喧嚣的当今世间失去了联系。

　　需要时常保持重复阅读的书，一直就那么几本。

蔷薇岛屿

关于《蔷薇岛屿》这本书，它如同是一个选择路口的起点。

之前的《告别薇安》《八月未央》《彼岸花》，都是由内心的孩童所写。它们所要展示的，是一个女童的激烈和极端，她与自我和外界的无法和解。诸如此类。她向前行走。像一条河流因为要进入大海，开始转折它的方向。需要汇聚水流，需要频繁的季风、阵雨、烈日。

《蔷薇岛屿》里面，是一位女子，试图讲述她的现实生活，而不是她心中无法和解的幻觉。

也许曾经有过的困惑，在这个时代特定背景之下的困惑，在此刻获得试图与自我和解的洁净。书写本身的力量，如同大水冲刷过的河道，带走障碍、分辨和独断。目标明确，内里单纯，水流获得自由。

这本书写在父亲去世之后。一些人喜欢这本书，告诉我他们在旅途中带着它，在旅馆的夜晚里一遍一遍地阅读它。这是一本适合在路途上看的书，关于改变，关于流动，关于生长。它具备一条河流的属性，它听到大海的声音。

那片大海，广阔无边而又静默涌动的大海，是读和写的人，所面对着的关于时间的问题。

为了抵达大海，那些深夜洒落在海面上的雨水，那些各有起源的支流，它们彼此融汇。

这是书写所抵达的海洋，是它自己选择的道路。

短　句

她对他说，我很爱你，却不知道该如何靠近你，所以觉得离开也是可以的。并没有什么不同。结果反正都是这样，是好是坏都不重要。重要的是我曾经迷恋你，就像我迷恋一把晚清的雕花木椅。

喜欢甜食，这是否标志着一个人内心的缺陷及童稚。

有人说，如果一个人被别人嫉妒，就说明做得还不够好，没有做到能够被挑不出毛病的程度。有些完整程度高超的人是不可被毁坏的。

他说，我记得第一次在咖啡店见到你。你给自己剪了头发，那个刘海儿剪得实在是业余，你的神情却怡然自得，全不在乎。只是你已经不记得了。

那部法国电影留下的印象，只是女主角身上的一件窄小的白色棉衬衣，脖子上的银项链和牛仔裤，以及她始终在抽烟的姿势。但依旧值得一阅，保留了欧洲片子难得的不怕沉闷的平实自得。

中午有人打电话过来。在电话里读自己的小说，情绪高昂。关心的都是自己的事情。穿的鞋子、裤子，写的小说，想拍的电影……诸如此类。很奇怪，有些人从来不会成熟，去懂得承担及照顾别人。相反，总是那么爱自己。所以我其实并不喜欢与人做朋友。

东京杂志里出现的蓬巴杜，代表一种刘海儿的样式。把头发松松地后绾，用夹子夹住，这样它就具备矜持的弧度。发现在街上有年轻的女子，顶着微微耸起的刘海儿，下巴轻巧。想轻轻亲吻一位女子的蓬巴杜，为那漆黑浓密发丝所闪烁的气味，为它的芬芳和生机。

冰冻咖啡，淡而无味。抽掉三分之二的盒子里的香烟。

人也许不该猜测、推断或决定自己能够活多久，那是件残酷的事情。

交　际

是个不善交际的人，现在只觉得认识的人越来越少，也越来越无兴趣结交。

能够产生联系的人，似乎总是自动出现。而当他们出现的时候，也总是能够自然地识别。好奇盲目的社交年龄过完之后，心里的喜与不喜已经清楚分明，欲望也不沸腾。知道生活中所真正需要的关系，不过是那么几人。若没有与之保持长久关系的心得，那么见与不见、好与不好，都是无所谓的事情。

五彩纷呈的人，过目即忘就可。

那些热衷或善于交际的人，很多是工作排场，需要建立丰富复杂的关系网络，或者是抱团的文艺工作者，建立小圈子，互通有无。一些人喜欢对外界说，我认识谁谁，与谁谁熟悉，跟谁谁们经常一起开派对。他们要站在一些有名气的人身边，以此让自己也散发出光芒。

总之交际本身带有很多需求和目的。如果不存在需求和目的，交际无法存在。

我愿意与之交往的人，希望他能够具备独特的个性和才华，聪慧，有可探索的内涵。又希望他在日常平凡的时候，善良，热诚，充满生机活力。这样的人，能够感染到他的芳香。他们自然显得很稀少。世间太多的人，或者聪明而不善良，或者善良而不通透。

对大部分华而不实的社交关系，缺少耐性和妥协之心。一种骄傲是，有时无须与人多做交流，但能坦诚地付出和倾听，获取观点。不要刻意拉拢及敷衍，也任何时候都不要谄媚和媚俗。

一个穿着洁净衣服的人，走入了集市之中只能被推来搡去。他需要付出代价。他没有这个集市的规则。

对　谈

　　偶尔出去谈事，觉得太多人需要聪明外露，逞口舌之快，身之所在，只觉得会略有诧异。比如对方为何要如此说话，以及说这些话的目的何在。可见人的语言是最容易导致复杂和混乱的载体。语言有时呈现无用。

　　泛泛肤浅但能言善辩的人，也许能够取得暂时性的或更为长久的胜利。

　　他们知道如何讨人欢心，以此得到自己想要的东西。所谓的巧言令色鲜矣仁，这样的人，吹牛比谁都利落，做事言而无信缺少诚意，处世为人不踏实。这样的人，通常还占据着一个位置，吹嘘颇具说服力，获取仰慕和跟随。他们是现代社会的必然产物和大势所趋。就像覆盖整个地球的电视暴力，你知道它是浅薄和负性的，但它的确在扩大范围，引领潮流。

　　我始终相信的是，谎言和寡义一定不能经受起时间的考验。

　　人能持有保持沉默的权利和空间，这是一种骄傲。

　　有效的对谈，是单纯的、朴素的，无须迂回转折的技巧。对一个人说，我要什么，不要什么。这样他可以明白地告诉，他可以给出什么，以及不能给出什么。就是如此。可以剩下很多时间，用来彼此欣赏或者享受沉默。

一贯习惯直接说出，自己想要什么，不想要什么，有时会导致对方难堪或尴尬。长大一些之后，开始知道一些话不能说透，也不过是转身走人，避走算数。因为沟通原则的不同，对所谓的人情世故，永远都有障碍。但并不愿意改变自己，宁可逐减交往的范围，在某种必要条件下，降低自己的需索或采取后退。

此种退避，并非是弱点。对心里的那个孩童世界，保持自我认定，虽然也可承认它是一种缺陷。微小事情，愿意助人为乐，是自发自愿的，对旁人的关心及怜悯。没有任何身份和范围界定，来自良善和宽厚的心得。始终保持真挚的感情。

这种沟通能力，在我内心认定中才更为基本和重要。

电影院

站在一个公共汽车站。夜深人静，汽车和行人形同绝迹，只有还未被熄灭的霓虹和路灯，在雨水中闪耀。一个男子出现在我身边，带着一丝犹豫不决的表情。他看起来似乎来自南方，体形清瘦，有一张俊秀面容。雨水很大。城市如同一座空城。他身份不明，来处不详。像一只被击伤的动物，等待着致命一击。是这样的一种犹豫不决。

雨水从我的裙子边沿流到腿上。我站在他前面，浑身的皮肤都是警惕的。他果然采取袭击，突然从背后抱住我，双手围绕过来，举动熟练至极，仿佛我的身体早已经是他的果实。推开他。用胳膊肘从背后顶开他。他又靠过来。第二次。还是一样的动作。顶开他是因为知道他肯定还会再接近过来。女子有时能闻到这种直觉的气味。男人亦知道她喜欢，彼此心照不宣，游戏自动确定规则。但是这规则里又隐藏着一种危险。他是陌生人。

此时，一辆公车开过来。我不知道自己有多久没有坐过公车。此刻，它仿佛是很熟悉的一种交通工具，带来安全和人群。我们上车。车上很多人。

半路他提议去看电影。我知道他的企望还未满足，但接受这诱引。与他一起下车，离开安全和人群。我们是彼此孤立而对峙的一对敌人，带着各自隐秘的因由。来到一处电影院，墙壁上剥落绿色粉漆，灯光不明，空无一人，只有我们两个。选了最后面靠着墙壁的椅子。身边的陌生男子，已经成为一个陌生年轻女子。他是一开始就是一个女子，还是突然就换了一个人，我不知道。但这个人依旧性别不是十分分明。我倒是看到了她的缺陷，她的手是残疾的，右手没有五指。这双手令我觉得憎恶，但是她的面目却美丽得很。她依旧很爱我，明确地对我充满感情和欲望。我坐在她的身边，内心不安定，又觉得她有吸引力。我对她的服从带着这样边界不清的憎恶和激进。

她开始对我讲述她的家世，拿出照片给我看。我看到她的母亲，长着一双细长的眼睛，站在船上。还有一片海洋之中的岛屿，上面长满树林。她说，我买下了这个岛屿。她说，每个人的爱好不一样，有些人喜欢华贵的植物，我只爱种植玉兰、栀子。我说，这都是我喜欢的树。她说，那你可以来。

就是这样。这个梦醒来后还是记得的。

秘　密

有些坏孩子，习惯保留自己的任何秘密，也不需要别人来交换，但有时候却会诱引别人告诉他。他们会告诉他，因为他是保守秘密的人。

生活必须被适当地搁置和隐蔽，不属于讨论范围。也许人的成熟是从拥有秘密开始。

那些隐藏的带着芳香的罪恶，那些秘密，它们使人的生命被点上火苗放出光芒。

自 闭

自闭是不与人见面，不与人说话，不与人相爱，不与人温暖。自闭的阶段，始终都会发生，如同一次定期的体内清洗，让人知道所有的光与热都是虚妄的。看到的，是那黑暗山岗上一轮皎洁如霜的白月。它使人清洁。

像童年夏天，南方经常有突然降临的暴雨，雷声沉闷，闪电惊显，裹起被子在滂沱和清冷中入睡，内心安宁。又似在颠簸摇晃的深夜客轮上，狭小舱位空气闷热，窗外波浪汹涌，潮水拍撞，躺在被子里，心格外沉定酣畅。喧嚣外界，有时被用来参照自我的获知。每年几乎都会去一次云南的大理。被雨水打湿的男子，看连续的 DVD，要炒面吃，湿漉漉的石板路，渠水暴涨。清晨醒来，木楼房间周围有清晰的声响，狗吠，方言的对话，雨水拍打，庭院的桂花谢了，金银花有湿透的气味。大朵粉红月季，挖下来的野花，大麻的香味，云南咖啡酸涩。

自闭可以具备一种丰盛敏感的内里。

洁　净

翻箱倒柜，终于把一张小小的票据找到。它躲藏在一堆笔记本下面，花了差不多四个小时，寻找它的踪迹。中途几次欲放弃，依旧坚定决心，不依不饶。找到之后，无比舒畅的成就感。个性里的执拗偏激是属于黑暗的层面，事后回味有深深羞耻。

M对我说，你所有的过程都是法西斯的，但目标却是柔情的。他觉得巨蟹座的女人有时候出手决绝。也许她们只是没有被满足安全感和情感需求的孩子，所以看起来贪心，并且总是先下手为强。这种少年的疾患，需要时间治愈。人最终要使自己洁净起来。

任何困难的过程，和疾病并无不同。不适，发炎，疼痛，肿胀，需要咬牙煎熬，忍耐这些步骤。然后某天，好转过来，一切回复如常。未必一定需要药物或救治。时间本身就是治疗。人的自保系统，使他学会如何去吞咽和消化掉这些必须承担的困难。只要内心未被击败，就可以一直保持强硬。

那一次他是来病房看我，对我说，人的生活应该做到排除悲剧。

我觉得很难。希望悲剧与洁净之间没有对应关系。

交　流

人与人的交流无以为继。或者不在同一个层面上，或者系统和角度截然不同，以至于鸡同鸭讲。交流有时令人感觉到孤立，仿佛两块交锋的玻璃，不容得半分融合。成堆累积，成堆清空，依旧什么也没留下。唯有虚耗的过程，带来荷尔蒙、温度及自我幻觉。

说着说着便静下来。最想说的，也许从来无法拿出来示众。那些与秘密、罪恶和耻辱纠结在一起的语言，浸润着液体的语言，注定要在心里默默溃烂。

大部分被说出来的话，是糖果和泡沫，色彩鲜艳但瞬息成空。它们不能充饥，但令人忘却暂时的煎熬。人因为彼此的需要而互换语言，如此再次提醒彼此的贫穷。

一切问题，最终都不会被语言解决。

需　要

在网上定期订购书和猫粮。在楼下的小超市买矿泉水、香烟和食物。有时收到快递和包裹。有人来电话，上门送货。通常都是陌生的男子，身上裹着户外冷冽的风尘气味，自带一次性鞋套，穿着制服。他们把纸箱子搬进客厅，收钱，告辞。性格活泼的男子，会主动攀谈几句。这些最常见到的人，这些琐碎事情，证实着一个人跟世俗生活所保持的关系。

他们使我的生活便利、通畅，达成目标，是不可缺少的重要组成部分。使我困惑的始终是情感关系。比如有时候想找一个人说话，查遍电话通讯录，却总是选不到那个人。该与之说些什么呢？自己也许并没有什么话可以告诉对方，对方告诉的一切，未必引起共鸣和兴趣。我是个对自己都无言以对的人。

只是如果长久不说话，嘴唇周围肌肉麻痹，有黏着的感觉。如此之长的沉默及无言。有时会对着镜子活动脸部肌肉，有时尝试自言自语。即使是一个人，也要张开口型，哪怕只是对自己说话。

经常持续很多天手机关机，有时候关着静音。拿出手机的时候，便知道有些电话来过。也知道有些电话来得没什么意义。真正需要找到我的人，会通过一切途径来寻找。但事实上，这个世间，并不存在非找到不可的人，或非做不可的事情。

年少的时候并不是这样。那时唯恐世界会把自己遗忘，希望接到很多电话，见到很多人。因为渴望与别人建立感情的联系，甚至在梦中，也会梦见自己打开信箱，涌出一堆一堆的来信。事实决定，人越年长，越倾向现实的关系和沟通，丧失与人联结感情的兴趣和能力。或者说，成年人的标志是，他开始发现自己在情感上逐渐不需要别人。

当人逐渐明白生活的一部分真相，不再对之眼花缭乱，他会逐渐清楚自己的需要。

爱　河

一条河流，又似一面大湖，暗蓝，寂静如镜。周围树影憧憧，枝叶繁茂。年轻的女子与男子来到此地，水流及腰胸处，浸泡在湖水里。他们面目素净，衣着简单。由年轻女子的视角，看到在前面树枝绵延深处，有另一对男女，衣着华丽，但神情萧瑟。那女子一头黑发，穿着大袍，能看到浑身都是鲜红的细密伤疤，如同被丝线一道一道深刻地扼印而出。男子身上也有，脖子上面有鲜明的两三道。那男子与女子距离很近，他似想拥抱她，又似想迫近她，女子的神情，于是也显得复杂，又似渴望，又似畏惧。彼此都有哀伤。男子伸手打开她的衣袍，也许是想损伤她，又带有一种感情，分外矛盾和复杂。女子抬起脸来，神情静默，似知道自己没有活路般。他们也浸泡在湖水里。此时可见到女子有隆起的腹部，她已怀孕。

那远处观望的女子，看到此幕场景，便流下眼泪来。似乎见到与身边男子的前世。

我知道那面大湖，它一定有一个名字，叫作爱河。

天 性

有时在席间，但见每人妙语如珠，却令人渐渐觉得索然。如此聪明暴露，是否也是一种急迫。而急迫的东西，通常总是不够优雅。

人要做到对自己的美、聪明、善良，完全不自知，才显贵重。一旦有自知，品位就自动下降一个层次。就仿佛栀子花不知道它自己有多香，兰花不知道它自己有多幽静。

天分、天性，并不需要发言和解释。

车　站

一开始是在旅馆里。但是已经忘记了。

只记得来到车站。车站在路的南边，像所有县城的小汽车站，熙攘热闹，还不是现在分工明确的结构。只有一个工作人员，售票的中年妇女。她的头发盘在脑后，神情不耐烦，身上穿碎花涤纶长袖衬衣，是二十世纪八十年代流行的式样。这个车站，有着同时代的设施和气质。

我和妈妈最小的弟弟一起。他比我大六岁，是要好的童年玩伴。他现在已是发胖的中年人，做了一个男孩的父亲，成了富有的商人。他少年时，喜欢躺在床上对着音符吹口琴，声音怅惘，睡床旁边墙壁上贴着歌曲的词谱。我幼时经常攻击他，他在生炉子，故意走过去踢翻放在他面前的煤饼，使他惊慌失措。有一次打他的头，刚打完，他被一辆车接走去乡下。徒然折磨我的是没有预料到的分离和因为分离之前刚刚对他做完的坏事，独自在房间里愧疚交加，痛哭一下午。

他是我少年时喜欢的那种干净好看的男子类型，脾气温顺。我曾是个暴戾的女童，并且暴戾地爱慕着他。

在车站碰到的他，依旧十五六岁，我们很明确地要去村庄。车子过来，是两辆。无故涌出密密麻麻的人群，像黑色蚁群。我从一辆车走到另一辆车面前，看到车厢里人已经撑满，外面还在揪斗，场面极为剧烈。突然生气，独自退到车站边上。我看到他从堵在车门的人堆里伸出身子来，大声叫唤我。但是他不下车来找我。或者已经无法下车。我觉得很委屈。在一个爱慕着的人面前，会把自己的放弃当成他对我的放弃。幼小的时候已经这样。

车子开走。现在我独自一人。我从女童成为现在的自己，看到携带的行李，是旅行时常用的六十升蓝色登山包，沉重无比。试图解决问题。这个陌生地丝毫不了解，隐藏着危险气氛，需要尽快离开。问询售票员，她的回答始终含混不清，只是说明天中午十二点才会有车发到目的地。我说，我要离开这里，接下来还有车子吗？只要有车，先去其他地方也可以。放低自尊一再与她纠缠。她有些同情我，终于说，有，一会儿就有车来。然后她卖票给我。

新来的车，格外空敞干净。从前门上车，位置就在司机后面。车厢里没什么人，尾部被装修成皮沙发就餐区，皮质闪出颗粒感光泽。我的行李被拆分，铺展一地。睡袋、水壶、食物……到处都是，不能换去车尾。后面座位上坐着一个女孩。她独自一人，黑发，白衣服，神情镇定，坐在两人座位靠近过道的一边，空出靠窗的那个位置。

看我回头，她静静接应我的视线，等我出声。我说，你去哪里。她报出和我一样的地名。我说，那要明天中午才有车。她说，是，所以先坐车去另一个地方，明天再换车。我看着她旁边的那个空位，很想与她一起，却不好意思明显表现自己的企图。于是还是在原来的位置坐下，但已经很是心安。这意味着我可以和她一道。一起坐车，找旅馆，赶路。

汽车开始轻快起程。车窗外景色快速后退，大片荒芜的厂区和田野，稀薄白色雪迹。天空灰暗，分不清楚是什么时段。

在全然陌生的地方下车，是个边境小镇。她与我一道，边走边寻找旅馆，街边是面目不清的店铺。感觉快到目的地的时候，突然意识到身上过分轻松，猛然想起把行李遗漏在汽车上。此时已经走过很长的路，感觉非常疲累，但还是得掉头去车站找那辆汽车。我内心有羞愧，如同犯了过失，只是必须对她说出我的意外。于是勉强对她开口，说，我遗忘行李在车上，要回头去找。她看着我，一点也不吃惊，说，我也丢失了行李，我们一起去。我们回到车站。她先上车去拿。我站在下面等，心里再次觉得安全。

这是凌晨时分的梦境，醒来后头疼欲裂。在梦中走过太长的路。事后非常明确地认定，我在梦里遭遇了另一个自己。

担　当

年少时，人不能够懂得如何去爱，不知幸福是何物，更无从担当。

爱的本质，也许是考验。考验彼此的明暗人性，考验时间中人的意志与自控。欢愉幻觉，不过是表象的水花。深邃河流底下涌动的黑暗潮水，才需要身心潜伏，与之对抗突破。人年少时是不得要领的，对人性与时间未曾深入理解，于是也就没有宽悯、原谅、珍惜。需要更长远的路途，迂回转折，来回求索，才能获得对自己与他人的释然。

回头观望来时路，看到荆棘残余，血肉横飞，残酷青春如同白色素绢上面，残剩斑斑血迹。我们最终获得的内心释然，能够把它们涂抹成一树自开自谢的桃花，自有一种深意和优雅。

一切原本有迹可循，一切也只有尝尽甘苦之后，才能坦然自若。

而世界上所有的幸福，原本都是平庸的，也是细微的、琐碎的、脆弱的。如果包裹着我们的时间和历史，是一条壮阔河流，幸福是早晨折射在波浪上的云霞和日光，是深夜的月色和雨水，是随波逐流的鱼群和花枝，是一个岸边观望者的逡巡。

有些人和事的出现，是为了在我们的世界里打开一扇门，照亮一条通道。让你知道，曾经在一个幽闭的房间里没有烛火而固执地寻觅，是多么辛劳。有一些洁白的真相和黑暗的阴影，一起出现，互相衬映。门被打开，通道被呈现。生命获得新的提示，得以前行。为之付出的代价，是必须背负身上的行囊。它警示不能停留，但可以在路途中栖息，获取这幸福的光芒。

如同在旅馆的梨花树下小坐，清茶浅酌，花好月圆。爱着一个人，并且被之所爱。长路且行且远，心里有着单纯而有力的意愿。

这所有的一切都要担当，并且感恩和宽悯。

阅　读

　　写读书笔记，是想在阅读时加深印象。不愿意这些阅读过的书，像河水从身边漂流而过。不应坐在船上观望它，而是沉没其中，让水渗透发肤心灵，受它冲击沉潜起伏。边阅读边记录。写下的字，给人再次与它彼此较量说服的空间。

　　读完斯文·赫定近七百页的亚洲探险，里面的景色白描，使人感觉这个瑞典男子的眼睛，如同一个精细刻度的镜头，景色细致地凸显眼前，叙述中有一种冷静气质。想来，真正从内心热爱自然的人，才有这种观察的温柔狂热。但他从不在叙述中夹杂过多情感表露，不愿打破某种浑然天成的秩序。

　　"傍晚，最为壮美的景色……云隙间，一道道闪电接踵而至，几乎每秒钟里就有几次，你简直数不清到底有多少。闪电一起，映得大地如同白昼，万物都被照亮，使人目眩神迷，如醉如痴，电火直刺苍穹，仿佛要将一切撕成碎片，但你却听不到一点雷声。云端之上似乎有万座巨大的火山在爆发。我坐在帐外的瓢泼大雨中，欣赏着荒凉沙丘之中的雨景……"

　　博尔赫斯的短篇集翻完四分之三，这些文字带有与世隔绝的幽闭气味，离神性和童心很近。仿佛是他一个人的游戏，一个孤独孩童的游戏。

这样的小说，意味着它的读者量会减少。但它的确给人以重压，觉得需与它抗衡。让人感兴趣的地方是，他的写作经验纯粹来自阅读和博学，而不来自现实生活。他幽闭在图书馆里，不接触人世。这样的人，却写出奇特的超越人世的文字来。可见，生活表层本身，虽可眼花缭乱，但乏善可陈，也无质量。人应该只接触真实的深入的事物和思想，除此之外，都该剔除。

看桑塔格的某本书。她被称为知识分子和美国公众的良心。一位作者被贴上此类形象标签，显得非常可疑。因此，我总是不够喜欢她。

巴恩斯的《福楼拜的鹦鹉》。他写道，受伤的野兽决不杀害它们自己。而如果你理解凝视脚下黑暗的深渊能使人平静，那么你就不会跳进深渊。任何一个写作者的作品，他的变化和进展中的词句，随时都在过滤它的读者。而一个地方，或者一本书，最终互相停留的，一定是能够循迹前来的人。我闻到它的气味，一本绝妙的小说。

《上帝之城》的作者说："我所有的工作就是在寻找能说的话，而能说的话并不多，我写给他们看，对于不可言说者必须保持沉默……"但是，人所持有的写作行为却有可能在打破这些真理。世界上那些黑暗的幽深的不可言说的道理，在被竭尽所能地解释、评判、传播、解构、重复。如一个智者必须对平庸人群实行的普及演讲。高贵和格调略显窘迫，知音也是寥寥。

老人写童年时候听到的一段横笛："这时有人吹横笛，直吹得溪山月色与屋瓦皆变成笛色，而笛声亦即是溪山月色屋瓦，那嘹亮悠远，把一切都打开了，连不是思心徘徊，而是天上地下，星辰人物皆正经起来了，本色起来了，而天上世界古往今来，就如同银汉无声转玉盘，没有生死成毁，亦没有英雄圣贤，此时若有恩爱夫妻，亦只能相敬如宾。"

这般富足而坦然的性情，不经历几番沧桑又如何会风清月明。对美好的文字，阅历过浅的人阅读是种浪费。撇开一切外界是非，他写的字是有大美的。到2006年他刚好一百岁，早已故去的老式中国文人。此地没有人纪念他。

一些写作者在年老时的作品会呈现出历尽沧桑之后的洗练、童真和淡然，却是非常有力的，有出神入化之感。

缺　陷

天性里我总是容易被那些有缺陷的事物或人吸引，看到这缺陷的美，靠近它，并被它所损伤。

每个人都要检查自己是否有过坚定的自保，轻信是不应该的。

缺陷总是没有足够我们想象之中的神秘，却有着超越我们想象之外的庸俗和低劣。

最为简单的解决方式是，保持距离。始终是保持距离。

反之，对美好的事物，也应该如此。

有时，美的本身就是一种距离感。它需要成全，而不是占有。

拍 摄

北京在持续扩大之中，像巨大工地，不适合居住。即使在它的中心地带，也没有任何来自生活本身的质感。那些工地，钢筋水泥的建筑物，直冲云霄的古怪存在，生硬冷漠，与人的存在似乎没有关系。

到堵车时间就拥挤成一团酱的车流。出租车司机拧开电台，交通信息和智力问答，耳膜被轰炸。一辆奔驰车的后座，坐着穿白色皮草的贵妇，戴着有明显奢侈品牌标志的太阳眼镜。公车里坐在窗边的人昏昏欲睡，站立着的人神情麻木。

那些脸看起来十分相似。是被生命的劳碌和无能为力揉搓过的脸。即使每个人的心里有各自悲喜和心得，所有人的脸，都是被揉搓过的。呈现生命本身不自知的拖沓冗长。

地铁车厢里的苍涩灯光，会把那些脸上的空白更为放大。地铁每次都使我心有感触，似乎站在悬崖边上，探身下去，能够抚摸到生活的质地，是这样的贫乏忍耐和自娱自乐。每次我都想在地铁车厢里把相机取出来，对准缺乏营养和保养的青灰色皮肤，不清洗而油腻的头发，没有任何审美所在的粗糙化妆和廉价衣服。空气中的异味。这里不存在任何虚饰，不能像电脑图片处理程序一样，动用梦幻美化功能。

这里呈现的是最为真实的生活本质，这无法解脱的生活的处境。

但是我从来未曾在地铁车厢里把相机取出来。

我希望拍摄一个清洁的美好的人，或者一个愤怒而危险的人。在真实的具备情感和生命的脸上，会看到细腻真实的层次。而大堆被压抑着的如同塑胶质地般的人，会使拍摄失去目标而趋向消尽。

某天经过现代画廊，看到大幅油画，一张相同的人脸被复制在不同的背景里，那张人脸成为一个概念，以致显出一种粗暴的丑陋。人的生活，若被创作成概念性的表达，是这样可怕。诸如此类的当代艺术作品里，从无情感也无理性。

我在贵州山区拍过美丽的少数民族妇人，在雅鲁藏布峡谷里拍过光着脚走路有明亮眼睛的孩童。他们使我觉得美好。但我从未在北京或上海这样的城市里，拍过任何一个成人。

奢侈

有些感情像钢笔，写下来的错误很难被更正，若涂涂抹抹，就一塌糊涂。必须练一手漂亮的字体，想好才能写，要非常之小心。深了会洇散，淡了又不知足。如果尝试圆珠笔，干净随意，即使不够正式，看起来也很真。即使有些敷衍，但又有谁会在意。只要你写下来给我，错误也不是那么重要。后来更喜欢用铅笔。错了可改，浅了可加深，进退自如，轻不留痕。随时随地可写，也可消磨。所能付出的就是这么多，如果他不要，也尽可自娱自乐。不可惜自己，也不需要他的回顾。

人也许最为惧怕用毛笔写字，落笔无悔，一气呵成，最见功力。

它是至为奢侈的形式。

细　节

德国摄影师Wolfgang Tillmans，在巴黎买的一本摄影集，三十欧元。那家小书店隐藏在拉丁区弯曲巷道中，位于阴面，店堂格外幽暗。天花板上有小灯射下光线，地板是漂亮的旧陶砖。

站在小灯光柱下翻动集子，看到他给他的朋友们拍的照片。有一张是模特儿Kate Moss，她头戴一朵艳红大丽花，化妆很轻，穿白色绣花上衣，坐在木桌子边。桌上撒满红樱桃，微笑像一个邻居家的女孩。那也许是他眼中的Kate。他把她褪尽时尚华丽表象，只留卜脆弱质地。

着迷缠绵之中男人们的身体，拍下他们空虚阳具、黑色睫毛、阴郁表情。拍他在巴黎、伦敦、纽约住过的小公寓，脏乱厨房，到处是垃圾、空罐头以及食物渣滓。有一张照片是旅途中经过的沙滩，炎热天气，男子和一只漂亮的梅花鹿彼此对峙。那只公鹿有一对美丽的犄角，男子对它举起两只手，低下头与它对视，仿佛投降，以此表达他在路途上遭遇的意外和爱。不知道这个背着行囊的男人是否就是他自己。

看到那年荒木经惟刚出的最新摄影集，妓女主题的黑白照片，厚厚一大本。翻了很久，没有买下。觉得他抵达了某处境界以后，照相机后面的眼睛，注视一切带着麻木和心碎的气息。任何自觉自知的东西，自带老去的寓意。而Wolfgang，他野蛮、敏感，有时候很脏，反过来却是细腻和有生命力的美。

　　两年之后，在雨天的咖啡店午后，翻阅大堆过期的摄影杂志，看到一段关于摄影师的文字。"所有的生活细节都是捕捉的对象，不管是一件起皱的短袖衫，还是一个站在椅子上撒尿的男孩。一双放在冷却器上的袜子被拍成一幅独特的艺术品。往碗柜里一瞧，可以清晰地看见里面的牛奶罐和蓝紫色的大蒜皮……"我想，那用来形容 Wolfgang 倒是非常贴切。

　　往旁边一看，果然是他的名字。

底　牌

M对我说，他算紫微斗数，问对方自己以后是否有自杀的可能。对方回答说，没有。我说，你指的以后是这段时间还是一生。他说，是一生。他又说，这个回答断绝了我的一条路，丧失其中的一个选择。

可见，死对有些人来说，是他的底牌。

生命力是与生俱来的禀赋。有些人充满斗志，一生都在前仆后继，内心存在单向的目标。脱离前行轨道的人成了浪子，他们停歇，倒退，徘徊，混乱。有时越出边界，独自潜入黑暗禁忌的疆域。自由需要付出更多意志和代价。但浪子的一生注定是失败的。没有目标，也无胜利可言。

乐观或者悲观，那是对生活态度太过低劣粗糙的划分方式。任何看似颓唐的态度背后，都隐藏着深深的不如愿的热爱。它最终变成一种大海一样没有言语的寂静。这才是最有力的根基。

如果一个人不曾感受过剧烈、激荡、繁复、单纯的美和情感，对之太过热爱，并产生苦痛，怀有羞耻之心，最终服从了静默。那么这样的人是细胞的傀儡，和海底一棵藻类的构成没有区别。那些动不动就以乐观或积极来劝解别人的人，那些没有或伪装没有苦痛的人，他们是坚强的无知的藻类。

在昆明小书店里，看到墙壁上的一张明信片。黑发男子侧趴在桌子上，桌面很干净，有一摊血迹。他的左边太阳穴上也有。一把黑色手枪有神迹的威力。一瓶白色大花开得绚烂，仿佛是生命难以自禁的热烈芬芳。枪、花朵、人，坚硬和脆弱各有对比映衬，但都显得庄重。有很多人幻想过自己的死亡，他们写，或者画，或者唱，或者演。死亡始终是最知己而高不可攀的情人。

所谓人的老去，不过是认命。知道有些境地始终摆脱不掉，有些事情始终做不到，有些愿望始终无法实现。

有时我会认为，完美的生命旅途，不是老去，是无疾而终，是不告而别。

夏　天

2006 年夏天，整个炎热沉闷的夏天我写作《莲花》。这并不是适合写作的季节。每天早上起床之后，是头脑最清楚的时候，抓住时间尽快开工。洗脸刷牙，喝一杯水，然后打开电脑。

越写越长，越写越慢，像一根丝线扯也扯不完，曲曲绕绕，仿佛要把一件大袍子完全拆光，那个光滑圆润的丝线团才是我的所求，才可以另织一件所要的大袍。气定神闲。一个缓慢的随波逐流的创作者，更倾向事态自动发生变化，而不是人为强硬扭转或合成。幸运的是，时间最终不会令人失望。变化一定发生。

一次一次调整和改善小说纲要。放慢速度，不断浮现新的意念。慢慢写，慢慢等，心里并不慌张。似乎一切胸有成竹，又似乎空无一物。不计时日，敞开心扉，写一本属于独自一人的小说。

长久在房间里写作。这寂静的脑力劳作，写着写着有时不免睡去。抽烟使人保持警醒，抽过多的烟，整个口腔连同呼吸都会发苦，无法吃下食物。为写作而失眠的夜里，脑子兴奋，身体疲倦，在床上辗转反侧，无法入睡。一次次起身，打开灯与电脑。内心的声音像浆液一样灌注身体，使人焦灼不安，异常敏感。通体熠熠发光，接近透明。

工作中的肉体和意识，成为一种指令的载体。感受到这指令的重量，它渴慕我做出的呈现和表达。

有几天电脑出故障，温度升高，经常在瞬间断电黑屏，必须在写字时随时保存。后来被检查出来是出风口需要清理。人若被无法预知的强行终结所警醒，就该保留小心翼翼随时检索的态度。是否该自控而警醒地生活？生命的脆弱性，如同硬件结构，属于机械。

有时写着写着，便从早上到了黄昏。房间里光线已暗，窗外天空换了颜色，蓝色由浅转暗。暮色清凉，日光隐退，能够看到远处空旷原野以及绚烂的落日晚霞。逐渐亮起万家灯火。楼下传来花园里孩子们的笑声和叫声。腰酸背痛，下楼散步走一圈。经过儿童乐园，慢慢荡秋千。白天都是孩子和大狗在那里玩。

有时从深夜写至凌晨，未知未觉，和天地一起醒来。看到沉寂天空一点点明亮。天空的发亮，似乎是缓慢的，又似乎瞬间就有新的递进。楼下的树林和路，笼罩迷离梦魇气息。鸟儿叫得清脆。那种光线和蓝色的转换，仿佛带着整个宇宙的秘密。拿起相机，走到窗边，拍下零落灯火和晨雾天光之中的高楼、河流，以及大片开阔空地。开始刷牙，洗澡，对着镜子梳理头发。然后换衣服，上床睡觉。

在那个夏天，就是这样日夜颠倒地生活着。

生活是既定的，仿佛一条海水中被劈开的路途。

必须要正视生活中所有真实的东西，正视所有人企图蒙蔽和遮挡的真实。痛苦，是一种重量。而快乐与盲，它们注定是肤浅的。来自高山上的雪水，蜿蜒曲折，向大海奔腾而去。我看到它贯穿过一个女子的身体。她是我书里的那个女子，我称之为内河。她此刻出现在我的身边。我的生命，因为被分成一个一个的段落，看起来如此清晰。

因为写作，使我知道了自己在如何度过一生。

静　物

墙壁上贴着四张静物。

最大的一张，有污迹的白色窗台，上面放着当日报纸和广告册。黑边框白色盘子里，盛着蓝莓、红莓、葡萄、樱桃、西红柿和桃子。水果的颜色纯净，彼此参差映照。盘子旁边空的啤酒瓶，插着一段干树枝，悬挂发黄的叶子。有一盆绿色植物，一只描着中国式龙纹的蓝白瓷碗，一只紫色塑胶打火机。

另外一张，是一样的有污迹的白色窗台，一只白色瓷碗，盛着烟灰和四根烟头。切开的两半猕猴桃。两只干枯石榴。两只南瓜，一只大的，颜色很黄；一只小的，带着绿色纹路。干枯落叶。凋谢的黄色玫瑰。画面右侧有一片虚影。

再一张，依旧是和上面一样的有污迹的白色窗台，上面有一只空盘子，放着西红柿、橘子、西柚。吃空的冰激凌盒子。空的玻璃瓶。空的描着红花的白色咖啡杯子，上面有小勺子。放在陶瓷杯子上的咖啡蒸馏器，过滤纸上有咖啡渣。

还有一张是看起来肮脏的有杯子烫伤痕迹的木桌子，放着报纸，泡凉的红茶，一只套着保鲜膜贴着标签的红色苹果，一瓶快吃空的草莓果酱，已经吃空的冰激凌盒子。一盒香烟，藏在玻璃杯后面。一盒火柴。

一律是俯拍的照片。标题是静物，以年限划分，从 1991 年一直到 1997 年。认同感，物质的形状、质地和颜色，沦陷和自知，生活的变迁和思绪的流动，都在其中。孤独的人都有恋物癖好。始终都是这些东西，仿佛是他生活的全部。每一天每一日重复而过的时间。

静物是一个人对自我的关照和反省。

选　择

夜读沈从文的《花花朵朵瓶瓶罐罐》，对里面的一段话印象很深："从生活表面来看，我可以说'完全完了，垮了'。什么都说不上了。不仅过去老友……简直如天上人……正是赫赫有名，十分活跃，出国飞来飞去，当成大宾。当时的我，天不亮即出门，在北新桥买个烤白薯暖手，坐电车到天安门时，门还不开，即坐下来看天空星月，开了门再进去。晚上回家，有时大雨，即披个破麻袋。我既从来不找他们，也无羡慕或自觉委屈处……"

这最后一句话是很微妙的。我既从来不找他们，那么他们是否也是从不来找，世态炎凉人情冷暖已不需要明确提起。

此时，沈的文学创作已经遭全盘否定，全部作品并纸版皆毁去。"我的遭遇不能不算离奇……"但离奇的遭遇一定也是会事出有因。性格决定命运，他对自己的性格不是没有自知。"始终保留一种婴儿的状态，对人从不设防，无心机，且永远无望从生活经验教育中，取得一点保护自身不受欺骗的教训，提高现代人所具备的警惕或觉悟。政治水平之低……一些人能吃得开，首先是对于世故哲学的善于运用……一个典型新式官僚，如何混来混去，依附权势，逐渐向上爬，终于禄位高升……"

如此明白，但依旧是不屑和不甘愿。他不接受强加文学之上的政治或时代的印记。他看待它纯正，有尊严，服从自我的灵魂。宁可留在博物馆里与旧文物互相陪伴，看过上万丝绸。他后来的工作就是研究几千年来丝绸花纹的发展。世事洞明，但不与抗争。

可见还是做了选择。

规　律

去附近的邮局寄信，走的是常规路线，一条在住宅小区穿行而过的小路，两边种满柳树，行人稀少。回来时，在住宅花园的栅栏外面，看到一只白色野猫。

它侧躺在草地上，栅栏里蔓延出来的蔷薇花藤使它所在的位置色调阴暗。白色皮毛闪烁出丝线般质感，四肢伸展，头部微仰，闭着双眼。草地上有枯萎的月季花瓣。它毛茸茸的爪子上沾染有泥土碎末，似刚刚有过一场尽兴的玩耍和流浪，现在需要一场睡眠。猫一般都是蜷缩起来睡觉的，所以我知道它已经死了。

离它非常近，探身过去，看到它粉红的小鼻子是干涩的，眼皮低塌，整个身体有一种被抽掉支撑之后的放松。这雪白皮毛的逐渐腐烂中的躯壳是空的，内里早已失去了灵魂，也许早已腥臭，外表的蛆虫也迟早出现。尸体此刻呈现出被弃绝而尚未消尽的时分，坦然，放松。顺应于某种规律之下，有始有终。

手边没有相机。这尸体下午就应该会被清除掉。我也不知道若用镜头摄下此刻的寂静时分是不是一种多余。蹲在它身边，看了五分钟，起身离开。

标　记

有时候在梦中，我见到书里面的那些人。他们总是没有声音的，像一些保存过久的电影胶片，影像缓慢地拉过，显现，又隐没在黑暗里。闪烁出一种微弱而纯洁的光芒。

试想一个电影镜头：接近深灰色的空无一物的天空背景，有一束一束细小的烟花蹿升上去，密集的，疏朗的。它们或长或短地在空中爆发出银白色的火花，完全寂静。没有一丝声音，偶尔有一种轻轻的碎裂声。这银白色的火花，蹿升，盛开，割裂和划分深灰色的沉闷背景。熄灭，陨落，此起彼伏。它们在我心里，是对世间理解的一种隐喻。

不管是怎样的故事，由这个镜头来开始，持续两分钟。或者说这样的一个镜头之后，之后所有的故事，该如何讲述，该如何继续，已经完全不重要。

我在梦中见到的那些只存在于文字和纸张之中的人，他们是那些银白色的光亮，从未在人世鲜活地存在过，但这是他们的标记。某天，在一个人逐渐老去的时候，他对这个世间的理解，会变得单纯。他会有清冷之心。

清冷之心，是看着那些银白色的火花在暗中升起降落。我知道有些人会明了。

克　制

为什么我在生活里一直克制自己？也许是因为对一切微小的美好，都有畏惧之心。美是一种光，触到手心，空落无着，但人人都爱追寻它。即使美总是从恶的部分提炼和分离而出，它们原是共同存在，互为一体，密不可分。所以人要对美格外小心。

某种渴望被淹没冲击打翻和摧毁的激情，依旧在内心发出声音。仿佛来自远方大海的浪潮起伏，使人总是跃跃欲试，无法平息。世间一切美好幻象或严酷真相，都应与它们交手过招，而不是擦身而过。不要害怕那个置之死地而后生的自己。

每个人都活在自己的世界里。也只有坚定地活在自己的世界里，才能做完一些事情。若一颗心放出去，面对那么多参照映衬以及纷乱选择，还有众多标准和概念的干扰，该如何走路大概都是问题。一条狭窄的小道，走到黑，走到头，胜过在人群熙攘的大广场里游荡徘徊。

在大广场，你只学会游戏和娱乐，失去方向，没有目标。而那个孤单坚定的人，他已经上路。

评论家

　　圣诞节前夕，见到研究中国文学的日本学者藤井先生。他是东京大学的教授。我的书在日本翻译完毕，等待着出版社的印制日程。在之前，他曾把我的小说印成教材，在大学授课用。

　　在三里屯的餐馆里，我们见面。他走路过来，特意绕了路去集市买一束花，新鲜的马蹄莲和绿叶捆扎在一起，那花束十分清雅。吃饭之前谈话，他仔细问我问题，拿出笔记本和快译通，随时记录下他自己觉得重要的观点。我见他从包里拿出来的《莲花》，翻得有些旧，但为防止封面被弄脏，仔细包裹了一层书皮。

　　他是日本有权威的汉学家。这种对作者尊重的态度，以及在研究工作上的严谨认真，作风毕竟还是和国内不同。我是离他非常遥远的一个作者，没有任何利益关系。他研究过中国很多老作家，年过五十岁，但如此诚恳认真地对待一个年轻的中国作者，使我内心十分感慨。

　　科克托说，一个外国的评论家对我们的评论很可能更准确。他比那些凑得过近的同胞们更了解我们。在这里，空间起到时间的作用。

　　我不是十分明白他会如何研究我的作品，但他的马蹄莲和给书包上的封皮，使我印象深刻，并且愿意记在心里。小小细节代表着一个人自处及待人的重量。

一位在专业领域里有权威的老人，依旧保留着这种质朴的对人尊重、对事认真的性情，这是见面带给我的，最重要的东西。他本身所散发出来的品质，已使人不虚此行。

诗　人

写诗比任何一种文体更需要内心力量。

即使貌似随便什么人都可以写它，但大部分人，懂得为句子分行，却找不到通向花园的路径。

诗歌的秉性高贵，所以只有两种结果。
低廉的人写它，它显得可疑。
有情怀的人写它，它更显寥落。

这个世间如果能够存在少数的几个诗人，那么他们一定是尽力在保留纯洁的人。

那些随时会从身边冒出来，并称自己是诗人的人，无须轻易去读他们的诗。

非喜剧

电影里的莫德，那些让人喜欢的东西是：一颗追赶岁月的赤子般的心。无政府主义者。相信超乎道德之上的生活。热爱一切自然的东西，森林、泥土、树、气味、触觉，收集内心明了的身外之物。她开快车，蔑视警察和规则，喜欢看到破坏和摧毁。包括对于感情的态度，也一样率性纯真。她靠近了他，却没有占有之心。

少年郑重赠送的一枚戒指，她转眼把它扔进了茫茫大海。这样我会永远知道它在什么地方。她说。

她在生日的时候选择死亡。或许这也是她能够想到的最好的与世间及爱人辞行的方式。她太老了，过分投注激烈的生命力。一个人岂能够始终像一把火炬般燃烧而无清冷之心。她穿着蓝色丝绸和服，发髻上插着水晶发簪，与他在废弃的火车车厢里相拥起舞。彼此面面相对，倾诉往事而动容垂泪。

少年在莫德死去之后，开着车冲向悬崖。车子掉落在悬崖底下粉碎。他出现在山顶上，抱着她送给他的月琴，拨弄着轻快旋律，在阳光底下舞动身体离去。他已懂得生与死的道理，将学会如何享受世间的美好。

在一段邂逅里，重要的不是年龄、财富、情欲，而是两个萍水相逢的陌路男女之间，对彼此心灵的影响、慰藉和改造。导演阿什比想来也是有一脉相承的气质。过分热衷吸毒和隐遁生活，名字在主流文化范围里几近被淡忘。艺术价值被忽视，很少有人正确评估。

莫德对哈罗德说，我想变成一朵向日葵，因为它长得高，并且很简朴。如果是你，会想要变成什么样的花？郁郁寡欢的少年看着一片白色雏菊说，也许是它们其中的一朵，因为它们长得一样。莫德说，它们不一样，若仔细看，就能看到它们有的花瓣很多，有的花瓣很少，有的朝向左边，有的朝向右边，有的开得正好，有的将近枯萎……这世间有如此之大的悲伤，是因为很多人可以忍受像这样的对待。

搜索到的大部分评论把这个电影当作喜剧片，兴趣点也保持在忘年之恋的畸态上，做亢奋的不可思议状。若是真正懂得理解感情的人，看这部电影，不会有丝毫微弱的奇怪或猜测。它并不是一部用来娱乐观众的喜剧。

风　格

一个朋友总不能适应我的着衣风格：棉质衣服，洗过几度之后褪色，有褶皱，显得很旧。老式的银镯和耳环，雕琢琐碎，有时碰在一起叮当作响。选择一切显得陈旧的颜色，喜欢稍稍落后这个时代几十年或者几百年的样式。他一概把这称为坏品味。

三年未见。最近一次碰到，他在小聚之后告别时，再次重复他的抗议。

其实我也一样从未喜欢过他的风格。他穿紧身挺括发亮的衣服，胸口有大英文字母和卡通图案的 T 恤，喷刺鼻香水。他是有钱人，能够买一些品质好的纯天然质料的衣服，但若哪天穿上了球鞋和布裤，会令人吃惊。他就是他。我就是我。之所以做朋友做到了现在，不过是因为除着衣风格的分歧之外，还欣赏对方其他的特质。

我们之间不同的是，他对不喜欢的东西，要大声说出来，并称之为"坏"。而我对不喜欢的东西，不愿意去提它，也不轻易对它下评断，只是觉得自己不喜欢而已。

所以《旧约》说，不要去评断别人。

静静生活

站在静的位置上，做无言以对的人。这么多年下来，身边走过的人起起落落，明白旁人的想法或态度，都是不重要的。不必去想别人会怎么样看待自己，因为每个人都将走在属于自己的深渊边缘。也没有谁对谁错，是非标准本就无绝对。存在的只是人的偏见、猜测和评断，而那的确是不重要的东西。

静静生活的可能性还是很大的。这并不是一件复杂的事情。减少欲望，不管是对人和对事。欲望减下之后，人就可变得洁净刚硬。虽然，堕落和沦陷，总是带有快感。但是最终起决定权的，是人的自控。

看起来勇敢骄傲、恣意妄行的人，其实质上往往不是那么回事。

真正的战士，是内收而自控的，如同一把插在刀鞘中的利刃。

游　戏

　　孩子们有各种各样的游戏，他们利用自然的一切美好之处，使童年获得愉悦。统计下来他们的各式游戏工具不下于十种：在溪水里游泳，用木头做了滑轮从陡坡上滑下去，双手抱住垂下来的树枝让身体晃动，爬树，滚动钢圈在路上奔跑……他们总是在兴高采烈地玩耍嬉戏。

　　在一个高山之顶的森林里面，看到一些女童在荡秋千。粗长麻绳悬挂在古老大树上，扎一排树枝就是脚垫。她们互相推动，高高地飞起，身影飞速掠过高处浓绿树梢，下滑，然后再次飞起。惊险优美的弧线带来尖叫，欢笑。阳光被浓密的树荫遮挡，渗透之后，就被这尖叫和欢笑震碎，纷纷落地，在泥地上跌落为点点金光。重力和风速搭配白如，童年和森林相得益彰。她们的清澈眼眸和烂漫笑声，仿佛天地无私。

　　某个瞬间，以为自己贸然进入一座云端的宫殿，或者一处地底的洞穴。她们是小小的仙女，还是从未曾接触过尘世的精灵。这清脆的欢笑回荡在耳边，仿佛世间从未被打扰过。一切都是破碎的，一切也都是完满的。一个井井有条的世界。

　　有人说，无意中得来的，都要归功于神。如果每个人的心里都曾经有过一个这样的做游戏的孩子，但愿他只会无故失踪，而不是年华老去。

真　相

读黑泽明的传记，印象深刻的一处，是写到莲花开放时候的声音。为了证实这声音，他去不忍池边等待至夜深人静，只为听到那微弱而清脆的花朵打开的声音。有人质疑是否有这声音存在，他说，这是一个表现问题，不是物理问题。而那个不相信的人，是无法拍电影的。也许不相信的人，也是无法写作的。要相信超越生活表象的带有神秘境界的无法琢磨的真理存在。

从来未曾见到过昙花盛开的样子。也许有人侍养过这种花，并曾特意等在阳台上，夜半时分，观望这清白的花朵悄悄地盛放，又在一夜之间败落。它的美这样暴烈疾速，根本不为这人世间存在，是属于自身生命的潮涌。任何一种生物，也许都具备相同的分子结构。人的身上，未尝没有昙花的分子。这神秘的无法琢磨的规律。

有人为夜半昙花拍了照片，那些照片格外地客观，十分清晰。昙花的花瓣和花蕊，丝丝入扣。但是表演者的昙花，不属于黑夜的秘密。没有机会见到昙花的人，根本无须见到这照片。如果他心里相信，他心里的昙花就是完满真实的存在。人只需具备这信念。信念使我们超越。

我一直以为自己听到过莲花开放的声音，看到过昙花开放的样子。它们是我心里的真相。

「春——月棠记。」

一

重光第一次见到清祐，是在八月。

七月，她从贵州回到北京的家，结束了一个公益机构组织的教育项目。他们带去一些由英文翻译的学生百科知识读物，分给高山上的苗族小学。她在那里停留三个月。平时她在基金会做义务工作，翻译给儿童阅读的读物，去乡村代课。她读《圣经》，也读佛经，但尚且不认为自己是一个有确定信仰的人。

回来的第一天，重光处理很多事情。生活总有琐碎小节冒出来，需要消耗精力，又不能不做。邮局催领汇款包裹，冰箱有待塞满，一日三餐要解决，一旦要做饭，又要去集市买菜收拾碗盘，后患无穷。有太多事情分神，网络、书籍、报刊，其他杂项，脑子因此失去清醒。重光耐心对待一切，从朋友处抱回猫，清扫家里灰尘，洗晒衣服，整理厨房，做了午饭，收拾垃圾。然后出门，分别去两个邮局取东西。

她的家像个仓库，橱顶排满酒瓶，喝光的没喝光的都排列在一起，客人来吃饭，她让他们自己挑。房间堆满东西，书、CD、衣服、香烟、杯子等遍地可见。厨房里堆积瓷器和玻璃瓶。所有恋物癖的人，内心对人的温度都很低。她定期清扫家里，整理繁杂物品，有些并不陈旧，只是不喜了，就送给朋友。她送出过旧书、影碟、首饰、樟木箱子、穿过一次的桑蚕丝裙子，从未开启的香水。有些旧物用一张发黄报纸皱巴巴地裹起来，递给别人，说，给你。仿佛对它们没有任何留恋。

晚上没有缘故地断水，她太疲倦，没有打电话去问物业，用矿泉水洗脸刷牙，很快入睡。半夜水回升，未关上的水龙头在浴缸里哗哗直响，她便起身去关水龙头。此时发现窗外大雨滂沱，闪电频频。大猫蜷缩在她的床上，不肯离去。重光关上窗户，继续睡，不知为何，想起贵州的路途，窗外大片绿色稻田青色山峦，一路的沉默与喧嚣之中，心中异常分明的思路绵延。旅途总是使人有目标，一早醒来就要上路，方向就在前面，食宿简单节俭，也许因为如此，路途使人沉沦。重光宁愿把大半的时间都花费在路上。

一星期之后，重光独自度过自己的生日。

她去熟悉的店里修剪头发。已帮她剪过三次头发的男子手艺一直精湛，那天处理了一个他认为符合重光气质的、顺溜贤淑的发型。重光知道这个头发不是她的，回到家，打开水龙头洗头，用手把它揉得乱糟糟。她知道自己该是什么样子。

晚上打算庆贺生日，她顶着一头潦草的直发，出门去吃西餐。先跑去嘉里中心附近，曾经路过的华丽西餐厅早已关闭，现在成了鞋店。真是物是人非，太多东西不能持久。重光知道自己与这个城市之间的关系始终若即若离，她随时准备离开此地。换到三里屯附近一家新开的意大利馆子，要了帕尔玛火腿和山羊奶酪的头盘，一个鱼茸和黄油做的汤，一盘花蛤意面。面条很好吃，细细的，有韧性，花蛤洗得干净，用酒灼过。

喝一杯白葡萄酒。

在贵州，她每天用大铁锅为十多个人烧饭，洗炒蔬菜。她并不介意自己是经常独自在餐厅吃饭的女子。

重光觉得人老去的某些迹象是：爱上听昆曲，看古书，不太说话，在某些时刻会不由自主掉眼泪——反省自己的处境和内心阴影的时候。感同身受，但那依旧是为自己觉得难过。无法爱上一个人或爱上一个人，此刻都是格外寂寥的。独处，在黑暗中的睡床上，回忆起一切记得的事情。躺在一个男子的手臂上，而心依旧不知归处。如果失去猫咪，对生活持有一种矛盾重重的敏感和激情的时候。

她经常性感觉抑郁。有时在下午强迫自己到人群之中去，回到地面，在乌烟瘴气的咖啡店里喝一杯咖啡，似是唯一慰藉。有时她会困惑于这样的问题，人到底是为了何种目的，一直忍耐着生活，日复一日的生活。一切看似没有任何希望。没有希望来自身边的世界，没有希望来自身边的人，也似乎没有希望来自自己。

曾经尝试过喝酒。脸红，后背和胸的皮肤红痒难忍，哭泣。次日早上醒来，大雨倾盆，空气冷冽而清新。猫咪静静地蜷伏在枕头边，一动不动，在雨声暴动中眼神镇定。在那样的时刻，她看到自己生命的质地，像铺展的白布，因为干燥和清洗，看到它隐藏的每一丝皱褶和阴影。

她还未去医院精神科询问，但做好了接受药物治疗的准备。她对抑郁有科学的态度，相信它来自身体的缘由。体内若缺少某些元素，会使人情绪发生变化。一切精神疾病都该理性地用药物治疗。就像没有放盐的水，它是淡的。你说，我要咸起来，或者暗示自己，我本来就是咸的，那没有用处。需要盐，一勺一勺放进去，它就咸了。

要像煎熬疾病一样，煎熬过生活中每一个抑郁的时刻，必须要寻求信仰所在。

抑郁的人，也许需要一个伴侣。春暖花开去公园的樱花树下小坐片刻，深夜想喝酒可随时约出来去小馆，可以一起去看场电影……世界那么大，身边认识的人，实在是少，少得离奇。不知道其他人是怎么过的，应该也是一样。一个人去餐馆吃饭，走过茫茫人群，却找不到人说话。

那么多人的困境，从本质到形式，都是一样。都不算稀奇，也不是困难。

如果要继续留在这个城市里，这年夏天，重光想做的唯一一件事情是结婚。

虽然她知道这很困难。

二

桂兴带她去见一位懂得易经卜卦的朋友。是重光的想法。她不会去相亲或参加八分钟约会俱乐部之类的活动，她的一个女友曾经用自嘲的口气，对她讲述网上征婚的遭遇，那些超乎想象的庸俗及无聊的男子，一旦在现实中露面，简直如同笑话。她的女友是哲学硕士，活泼伶俐的女子，也许因为太聪明，始终找不到可以结婚的人。频繁调换工作的讲话风趣幽默的女友，追求婚姻的过程尚且坎坷起伏，像她这样几近与世隔绝，沉默寡言的人，更不会有什么奇迹发生。

重光觉得自己从来也不是太聪明的女子。在感情的路途上，她之前更多采取随波逐流或者放任自流的态度。所以她只是浪费太长时间。她一直没有控制得很好的事情，似乎只剩下两件：抽烟以及恋爱。她尽量自律地对待食物，早睡早起，以及对一切事情保持镇静和冷淡后退的可能性。几次戒烟失败，也没有想过停止恋爱。以为心是一只安静慵懒的动物，躺在空地上一动不动。但当对手偶然出现，每次扑入姿态之迅猛有力，依旧出乎预料。

只是那些恋爱，最后仿佛只是孩子放给自己看的烟花，嗖嗖几下，天空换了换颜色，然后各自归家。她从来没有停止过恋爱，也不知为何最终总是会对这些关系厌倦。最后明白的一条道理是：感情是没有用的。真正有决定力的，是人置身生活之中的局限性，是各自的自私和软弱。

这一次，重光觉得自己跑到悬崖边上，前面已经没有道路。她不是一个跑步的人，跑了五千米，筋疲力尽，渴望休息喝水，恢复过来，还要继续再开始。她已彻底厌倦恋爱，但是想结婚。

桂兴说，在北京生活的单身女子，结婚都有困难。

的确如此，原本彼此也不具备任何特殊的竞争力，这个城市足够会集一切具备小才小貌小气质的女子。任何一个走出来，都差不多：懂得淑女混搭波希米亚的装束，会谈一谈电影、文学、哲学、诗歌，知道如何与男人调情以及适当放纵，上得厅堂入得厨房，聪明，有情调。重光身边认识的大部分女友即是如此。她们仿佛山谷中一树树的艳红桃花盛开，即使没有观众，也要兀自热热烈烈地开和谢。那原本也是和观众无关的事情，是必须要打发掉的芳华。

如鱼得水的是男人。即使是平庸或者猥琐的男子，稍微有些小权势小口才，都能在身边换上几轮这样的伴侣，这导致城市里的男人普遍性的浮躁和懒惰。是。可选的那么多，彼此都差不多，又何必为你赴汤蹈火。

但重光知道自己不一样。在内心，她等待一个强大的伴侣，她知道他是什么样子，有时候因为走走停停，以为对他一无所知。有时候她与内心等待中完全不同的男子恋爱。但她最终还是知道，如果那个人出现，她会尽力在最短时间里辨认出他来。

她在少年时，曾攒了五个月的零花钱，买一件昂贵的羊毛衫，是一个国外的牌子。那时候这样好牌子的东西还十分稀少，也没有人会去买。米白色细细的纯羊毛，编织出绞花，开襟，褐色木质小圆扣子。这种颜色式样独特、价格不菲的毛衣，对一个高中生来说，是想都不会想的奢侈品。但重光一眼识别出它的优雅大方。那时她不过十六岁，每个月零花钱很微薄，身边同学习惯穿着邋邋遢遢过大的运动衫。为了买那件毛衣她省吃俭用。

成年之后，即便她具有还算不错的经济能力，看到诸多人钟爱在手里拎只一模一样的名牌皮包，动辄上千上万，以此为奢侈的象征，觉得那是恶俗的事。

　　她爱美好的事物，识别它，追求它。她知道自己与身边的人不一样。这种自我意识，使她一直知道要做什么样的事情，并且如何去做它。人要如何超越自己的境遇，这并非是可以训导出来的指向，只能是一种天性。隐约中引领着更为广阔的界限。不管当时如何，胸中是否有大志，一早是看得出来的。哪怕只是从一件普通的毛衣开始。

　　她又是个执着的人，心意单纯明确，坚定推进。做任何事情，都有很强的行动力，直到做完为止。年轻时离开家门，独自走南闯北，自力更生，从不相信天下有免费的午餐，也不相信人可以心安理得坐享其成。一切都是要用双手辛苦工作，努力博得的。

　　但不管她是否从年少起就是一个胸有大志、有自我意识的女子，她的感情动荡起伏。卜卦的人说过，那都是错误的会带来阴影的感情。等到主宰的星宿转移掉轨迹，状态才会好起来。

　　懂得易经卜卦的高人隐居在闹市中心，穿篮球鞋，手里捏着白纸、铅笔和一盒旧火柴。重光分好火柴，他开始繁复计算。然后告诉重光，她会遇见命中注定的人，且那个人很尊贵。他会自己来到她的身边，她不必做任何努力。他又说，人与天地交流靠的是德。有德的人在任何环境之中都可以无畏无惧，不受束缚。有德的人，自然也会得到适宜的婚姻。

重光喜欢并且记住了他最后说的话。

一个人想解决问题，就首先要解决自身的问题。如果她希望得到一个清淡、实际、单纯的婚姻，她首先得先成为这样的一个人。这是她的结论。

三

那段日子重光经常失眠。她记得睡过的不同的地方、不同的床。有时是五星级酒店的高级套房，推开窗能看见古老建筑和绿色花园，洗手间宽大敞亮，门柄烫金，这样的房间多是职业时期，因工作由对方提供，她从来不会自己去住。她大部分住过的，是旅途中简易的小旅馆，在某个城乡接合部的县城，墙壁上有污渍，被子散发不洁气味。或者山区高山顶上少数民族的农人家里，窄小楼梯踩上去摇摇欲坠，不能洗澡，半夜听到他们在旁边空地上用木块燃起小火堆，围着喝酒聊天，还有人唱起歌来。

在起伏不定的栖息之地入睡，她的睡眠充足，从不做梦。它们使她感觉安全、沉潜和稳妥。但是在属于自己的家里，她会失眠。空无一人的房间，像一艘半途沉没在海底的客轮，已经荒芜过了一个世纪般的静默无声。

失眠到凌晨的时候，重光趴在高层公寓的窗边，看到天色渐渐发蓝，楼群之间慢慢明亮起来的暗蓝，天地安静得没有任何声音。她与猫待在一起，看着规律控制之中的世界，那种蓝，那种寂静，让她觉得自己正逐渐失去理性。那种想在厨房里寻找一把刀子的失去理性的感觉。她把厨房里所有的刀子都藏了起来。

是。我对你说过，我们必须要有健康的生活，而不是望梅止渴的那一种。

搭上一辆巴士，去往新的地方。重光给自己申请了一个新的博客空间，开始在上面记录每天做过的事情。她列出表格记录下阅读过的书，看过的碟，做过的事。即使是在这样一段颓唐难熬的日子里，某天，她也不会对任何人说起。

这个城市十分喧嚣，只是重光发现自己一直缺乏朋友。人与人之间的考验，在关键时候，才知道对方在心里的分量到底有多重。生病、沮丧、最落魄窘迫时，愿不愿意与之相对。太多的关系，人只愿意与之锦上添花，雪中送炭很难。不是在于对方是否愿意送，而是在于自己是否愿意让他来送。交付出现实的脆弱，对重光来说，是一件很困难的事情。这是她长久的个性使然。

她不喜欢那种稍微有些变故，便惶惶然一败涂地的人。这种特性令人轻蔑。在痛苦中依旧能保持沉默的人，理应得到尊敬。

她维持着这份沉默，远赴贵州，艰苦的工作和路途，持续三个月。回来之后，依旧对谁也不说，并且什么也不做。只是逐渐清理生活内容：阅读古文，做读书笔记，吃简单健康的食物，每天健身四十分钟。在放置着众多健身器械的大房间里，下午空无一人，明晃晃的大镜子和偶尔出没的健身教练，没有任何话语。重光默默观察一些比较标准的动作，记在心里，再模拟一遍。她还报名参加跆拳道的小班训练，喜欢发力的那种暴力而有序的感觉。对肌肉和力量的关注，使她的内心回复单纯平静。

有时外出和桂兴吃饭聊天，桂兴比她大十岁，孩子已经上学。重光喜欢与年长的人相处，那也许是因为她一直比同龄的女子更为沉实。她在超市买薰桃白茶喝，冰冻之后依旧有一股甜蜜的桃子味。在店铺买桑蚕丝衣服。睡觉之前读《古诗源》。保持一种自己的生活态度，积极，严肃，对别人坦白有诚意，随时参与。

她还未曾尝试为得到婚姻，做出积极的行动。卜卦的人告诉她，不作为，没有任何付出，就能得到那个人。重光想，她唯一能做的准备也就是如此：调整自身状态。

四

八月。重光被剪坏的头发又渐渐长了起来，她把它盘成潦草的发髻，恢复原来样子。这一日，她清晨早起，打车去国贸，等待桂兴一起参加读经会。桂兴关注她的心情，觉得她应该多出来见见人散心，读经会也由她提议。国贸里面的店铺还未开门，只有溜冰场里有孩子在滑冰。一个十岁的女孩子技巧很好，轻盈地在冰面上打转，一圈又一圈。那女孩有一头漆黑长发，平直刘海儿，黑色抹胸，芭蕾式短裙，完全是成人式装束，健康圆润，眼神非常明亮。

重光站在栏杆边，久久俯视冰面上的孩子。她闻到从自己的头发和皮肤之间散发出来的气味，一种陈旧的逐渐发淡的气味。只有极其敏感的人，才能闻到这样的气味。重光知道自己已不是二十岁的模样，连气味都是不一样的。就仿佛一只新鲜的刚从树梢摘下来的苹果，在空气里搁置过久，水分一点一点地抽干，皮色一点一点地改变，内部纤维一点一点地变形。她不是那种企图掩饰年龄的女人，她不恐慌。

她只是觉得任何困顿，即使暂且还看不到尽头，依旧需要平衡，继续忍耐。如同病时疼痛，行时疲惫。时间在走，一切迟早变化。

桂兴匆匆从通道里走过来，说，重光你也不换双鞋子，化妆收拾一下。那天重光穿着一件白色小圆领衬衣，绿色布褶裙。她日常习惯穿红绣鞋，缎面上刺绣并蒂莲和鸳鸯，小圆头浅口，老字号店铺售卖。有时出门，赤脚穿上它，走远路也不觉得矜持。搭配尼泊尔式的拼片布裙，搭配凤尾纹的长裆大布裤，显得邋遢，却也好看。重光经常有一些略带诡异的搭配。

公众场合里愿意穿红缎子绣花鞋示人的女子，总是稀少。重光可以穿得若无其事。总有陌生的女子特意走近，轻声赞叹，说，好漂亮的鞋子。仿佛从未意料到过它可以被穿出来，但她们即使内心喜欢也不做尝试。重光低下头来，轻轻踢了一下鞋子。在夏天她从不穿丝袜，觉得是累赘。红色绣鞋十分耀眼，不符合她一贯朴素平实的风格，但这是她性格里与生俱来的一部分。沉默寡言的重光，带着她身上某种尖锐明亮的费解的部分，看起来似乎不和谐，但十分真实。

她们一起坐电梯来到一座高级写字楼的三十层，应门的是穿着白色短袖衬衣的中年男子。他们打个照面，他不认识她们，笑容温和。桂兴说，兰姐来了吗？他说，是的，她在。他的声音是那种有教养的发声习惯，显得很敦重。一位活泼秀丽的五十岁左右的女子，从侧边闪现出来，见到她们，热情地打招呼。房间里已有二十来个人，放着很多茶叶和茶具，这个活动的内容，是大家围着一张长木桌坐成一圈，一起喝茶，读佛经，彼此介绍心得，类似学习小组的形式，参加的都是熟悉的固定成员，有公司经理人、董事等高级管理人员，也有大学老师等各种成分的人。桂兴和兰姐相识，通过她介绍来参加这个活动。

那天成员里只有三名男性，两位陪着女朋友一起来，另外一位年长一些，坐在兰姐身边，坐在重光的斜对面，是开门的穿白色衬衣的男子。重光在活动中，长久凝望窗外北京夏天的天空，逼仄的高楼顶端，此起彼伏，互相分割。天气憋闷得厉害。多雨，却不似南方雨天的痛快淋漓，雨后格外青翠淋漓。这里窗外只见灰蒙蒙一片。

除了轮到读经书的时候，她在其他时间里一言不发，也没有和陌生人说话。她默默打量这房间里的一切人与物，唯一注意到的细节，是那个男子身上的白衬衣。从式样及质料上来看，这是一件价格不菲、精工细作的衣服，穿在那个男子的身上十分合称。他的身形高大结实，身材保持得很好，是肌肉和骨骼曾被锻炼过的轮廓。

重光喜欢这样的衣服，看起来低调朴素，但隐隐蕴含着一种高贵。

会选择这样的衣服的人，她通常都会多注意几分钟，她相信自动选择的衣服，与人的内心基本符合。

他是宋清祐。

五

人的一生可以谈很多次恋爱，最后能记得的不会超过一两个。一些萍水相逢的人，一些逐渐被忘记的人，是漫长时间带给内心的印证和确认。她一直在陌生地和陌生人之间辗转，内心向来冷淡，相忘于江湖最为妥当，对一些事情的分类有着格外的自知和自省。

恋爱，也许不过是人人期待中超越生活表象的一种幻术，带来麻醉和愉悦，其他别无用处。热烈地喜欢彼此，交换身体、情感、历史和脆弱。要见到对方，要与之厮守。但也就是如此而已。人体内的化学元素和生理性，注定人对另一个人的爱恋，就是如此短暂、无常，会用尽，会完结。以后的局面如何支撑，要看对幻灭感的忍耐还能支持多久。

她觉得自己并非不能接受缺点和瑕疵，她也不过是个普通人。只是她无法被催眠，被轻易降服。她向往一个比自己强大的伴侣，但在实际生活里，有时会倾向与弱者恋爱。是她自己有这个倾向，还是生活只给予她这样类型的男人，她有许多困惑，为控制这困惑，就一直徒劳兜转地从这个人身边，到那个人的身边，像一个荒谬的打不死的孤军奋战的战士。

而最终的清算，她觉得自己似乎从来未曾爱上过任何人。她与所有曾经的男子谈过的恋爱，最终都只是在与自己恋爱。一切都是重复经验。知道最后不过是如此而已，只是一种幻术。

　　爱上一个人的时候，像一棵春天的桃树，开出满满枝丫的粉白花朵，重重叠叠的，即刻便将要死去一样地开出花来。不爱一个人的时候，无法感觉到自己的存在。身体和心被放在一个黑暗的洞穴里，如同一场缺乏粮食和空气的冬眠。厌恶一个男人的气味和脸的时候，是令人愤怒的。清晰地感觉到自己不够爱的时候，是令人愤怒的。不需要任何一个男子，不需要别人。知道这一切最终依旧会让人厌倦，直到无声地愤怒。

　　还是会有难过的时候。难过于已经丧失拥有麻药的资格，必须面对一切创口。想拥抱一个陌生的背脊，把脸贴在温热皮肤上，直到入睡。直到某天有一个人带着火焰的种子出现。

　　她还记得曾经恋爱中的自己。衣服上粘满猫毛，不化妆，身上有猫味。手背和手臂上，有被猫爪抓出来的血印子，密密的三四条，渗着血迹，干涸结疤之后会发痒。她站在街边，用手指轻轻搔动发痒的伤口。她的耳朵后面长出发热的小肿块，小腿上有一块环状肉芽肿。这些疾病都是和猫有关。她是一个养着猫与男人住在一起的女子，会渐渐觉得恋爱成为她的困境，因此极不耐烦。

　　有时半夜她开始哭泣。愤怒中，会随手拿起烟灰缸砸男子的脑袋，扑到他身上撕咬和号叫。烟灰遍地都是。她自己也不清楚这些愤怒的来源，但知道这一定来自她真实的内心。那些使她号叫的东西，来自她对自己的清醒明了，和依旧不变的无能为力。

在灯光通明、人头攒动的超级市场，她站在鼓鼓囊囊的购物车后面，心无旁骛，仿佛幼小的等待父亲接回家去的女童。她与男人相处的模式，基本上与和父亲相处的模式相同，争执、哭泣、需索、依赖、剧烈纠缠。以恶性的模式，满足情感需求，让对方做出证明。深入彼此生命太过危险。如果不是这样去爱，就似乎不够满足需索。它使她对爱的方式显得畸形，不够正确，如同一个迷恋伤疤的人。

年少和年轻的重光，习惯用这样的方式与男子相处，一种想摧毁和破坏彼此的伤害力。她的青春曾如此旺盛。但她不再需要这种幻术。重光觉得自己在逐渐地强大起来，并且知道自己需要什么样的感情。一种清淡、实际、单纯的感情，一种有根基的感情。像大树一样稳稳当当地生长起来，逐渐枝叶繁盛，逐渐不可拔离。一张桌子、一把椅子建立起来的家，柴米油盐的日常生活，生病不适时有人守在床边，为对方生儿育女……

她当然也不相信世间有所谓神话般的恋爱和婚姻，一对男女之间能够甜蜜欢畅得永无尽头，如果人人都能够依靠瞬间的幻觉，麻醉自己煎熬过极其沉重的余生，那么也就无所谓去追究真假。但这样的故作糊涂是谁都无法做到的。

最起码，重光觉得自己在恋爱中从来没有糊涂过。把男人所有的优点和缺点，全部看尽看透，以至无法留给自己哪怕是像火种般的微小憧憬。或许那本质上也是对人性的一种穿透。没有幻象，没有期待和失望。但经历过许多人许多事之后，她对交会过的人与事，从未有过任何怨恨。洞悉了解之后，剩下的不过是怜悯，那种深切无言的怜悯，没有一点点声音。给予对方和自己的怜悯。逐渐开始这样理性，心冷如冰潭，看到时间尽头的虚无。

等的人总也不来，就会渐渐失去目标，以为自己并不是在等，只是无所事事。从小她等待一个可以把自己带走的人。现在知道，最好的方式，是自己找到方向，并且可以有能力带一个人走。其实与哪一个男人终结或开始都已经不重要。重要的是，那颗星宿要改变轨迹了。它曾经分派给她的黑暗路途即将完结，明亮的微光开始闪烁，新路要开辟出来。

桂兴说，婚姻未必就是那么好。说有些女子一样会结束婚姻，独自带着孩子孤单地生活。重光说，那是因为她们大概嫁给爱上的第一个男人或者过于年轻，还不知道自己在与男人的关系里需要的是什么。但如果一个女子从年少时开始恋爱，并最终谈到心里山穷水尽，她想结婚，一定是从内心需求的意愿。她知道要的是什么，并且做出取舍，不会贪心。她会谨慎认真，比一帆风顺的人更为珍惜。这样，即使她最终也会独自带着孩子孤单地生活，但至少内心能清明无碍。

一个人到了什么样的年龄，就该做什么样的事情。现在的重光，不会依旧过和二十岁一样的生活：颠沛流离，轮回于没有止境也无觉悟的恋爱之中，只为获取来自另一个人的温度。应该生儿育女的身体，像少女一般自处。这是违反天性的。生活的轨迹和心的走向，与时间开始脱节，人渐渐不能保持平衡。

重光清楚，这是自己迎接婚姻最好的时候。虽然她目前还没有遇见任何一个适宜一起做这件事情的男子。

六

第二天，桂兴打电话来，说晚上带重光出去吃饭。她说，有一两个好朋友一起，我们吃吃饭，聊聊天。重光也不问都有谁，就答应了。她愿意跟随桂兴活动，桂兴结交的朋友都很好，她见过一些，虽然年龄都比重光大，但他们大多态度温和见识独特。

他们已经开车在楼下等。重光下楼，向大门走去，晚上略有些凉风，风把她的裙子吹起，拍在赤裸的小腿上，发出轻微声响。她寻找桂兴的影子，却发现暗淡夜色中，一个男子打开车门，站在车外，正向她打招呼。她定了定神，想起来那是昨天见到的男子——宋清祐。他的面容不像他身上的白色衬衣那样，给她留下印象。他一贯地带着温和谦恭的笑容，旁边有一辆黑色车子，桂兴和兰姐坐在里面。重光对这两个四五十岁的新朋友印象不坏，顿时为这重逢觉得十分高兴。她还以为不太有机会再见到他们。

他带她们去一家他经常商务约会的咖啡店，就在重光住址的附近。店里宽敞幽雅，灯光打得很好。兰姐和清祐是佛教徒，对话内容以佛经和寺庙经历为多，重光对这一切也并不生分，她读过佛经，相谈甚欢。然后又说到了工作。重光说起在贵州的一件事情，一次在高山苗寨，中午没有地方吃饭，她实在没有办法，只能对路上偶然遇见的陌生人说，请带我去你家里吃饭。那一对陌生姐妹果然带她去家里，在黝黑低矮的厨房里，洗菜、生火、淘米。

重光说，我坐在板凳上，等待一顿完全来自善意和神施的饭食，他们不收钱，这些高山上的居住者，这些随处安家的流浪者，在他们的羞涩和自尊里，有一种未曾被间断的善与信的遵循。

又说起她以前做过的第一份工作，是在一个大机构里，新进的小职员都要讨好领导，联络感情，只有她做不到卑躬屈膝，刻意言欢。所以，在那个世俗的合唱团里备受排挤，不知道有多孤立。重光笑说，我那时狷介的性情，暴露无遗，即使后来做的事情，也不过是一个人靠着微薄的天分，孤军独斗。依然不能刻意讨好或取悦谁，很多事情，还是困难。

只不过，年少时，会对困难有迷惑，现在却是能够冷淡自处。不愿意求人，不愿意让自己对别人有所求。

清祐说，重光有想过自己想要的生活方式吗？

重光说，那应该是现在还没有得到过的一种生活……总归想尝试一下，比如住在空气新鲜有土地的地方，养猫，生孩子，种上庄稼、果树、各种花草，每天需要料理这些生命，让它们成长结果。这样身边生命力蓬勃，不会觉得寂寞，不用考验任何来自别人的人性，不用与任何多余的人交往。

他说，去空气新鲜有土地的地方，那很简单。我在郊外有一处农场，你以后与兰姐她们一起来玩。其实也就是在郊外置买一块地，在那里盖起房子，开辟花园和菜地，种栽许多果树和花。

重光说，你种了荷花吗？

他说，是，我挖过一个池塘，夏天荷花都会开满。

大概到了晚上十点钟，余兴未了地结束。清祐第二天要去云南出公差，早上的飞机。重光的家最近，但清祐提议先送桂兴回家，兰姐的车停在附近，她开自己的车回家。桂兴这天晚上聊得也很愉快，下车时大声说，清祐，你要把重光安全送到家。他说，那自然。桂兴说，重光让你意外的事情，还会有很多，她只是性情朴实。他说，是，最深的水总是寂静无波的。

桂兴下车之后，车厢里顿时安静许多。重光觉得这个晚上自己说了太多的话，何以对第二次见面的清祐和兰姐感觉性情相投。他们都是做商业做管理的人，比她年长许多，是完全不同的生活范围。也许是因为他们是佛教徒，待人十分谦和。重光见多了咄咄逼人虚张声势的人。但这两个新朋友就十分自然，并且理性。她愿意与他们聊天。

但其实这些话说与不说，又有什么区别呢。就如同被修剪的头发，重光早已认清自己是谁，知道自己在怎样地生活。

清祐不介意重光的沉默，也不搭话，只是在前面稳妥地开着车。路上接一两个电话，有一个是年幼女童的声音。他对着手机以一种极其耐心的语气与女童说话，说，朵朵还不睡觉吗？妈妈睡下了吗？太太和奶奶呢？我在路上，我一个半小时左右就到农场，让她们都不要担心。你要乖。好好睡觉，不要太晚……他无疑是有着一个大家庭，还有疼爱宠溺的小女儿。也许不止有一个孩子，如果有大孩子，起码也该有二十岁左右。但他有自己的事业、兴趣，还有自己的社交圈子，比如，会有心情选一个晚上，与两三个彼此谈得来的女性朋友一起出来吃顿饭，并且清谈。他并不乏味。

重光坐在他的后面，看着他的背影。那天他穿一件短袖衬衣，浅褐色，适宜的颜色，看起来很朴素。从后面看他，他的身形显得大方，姿势端正，有着四十多岁男子特有的笃定。他们在事业和家庭中获得的磨炼，已足够蜕化掉身上所有僵硬生涩和毛躁的弱处，把自己锻造得通透自如。

她说，你要回农场，还要开很长时间的车。他说，是，我一般都要回去，除非有时特别忙特别累，会住在城里的房子里。我在城里有一套公寓，只是很少去。他报出一个公寓的名字，说，那里离你这里也不远。她知道那处公寓。他的阶层与她不一样，这很明显。

他把车停到楼下，依旧从驾驶座下来，站在车外，与她道别。他如何会有一种这样郑重又谦和的待人方式。这是重光以前从未在其他男人身上发现到的。中国男人，大多粗暴和缺乏礼仪。她在工作中见过很多阔绰的男人，商界的、娱乐圈的，有些成功的商人，已十分有钱，身上依旧留着辛酸挣扎的痕迹，处处自私低俗。而文艺圈子里，怀才不遇心态浮夸的男人更多，急功近利、懒惰逃避、浑身散发出酸溜溜腥臊难闻的气味。他们不会这样与初初交往的朋友道别。

而重光对他来说，原不过是个可交往也可不交往的角色。她是个做义工的闲人，在这个社会上没有任何可交换的价值。她也并不年轻漂亮，也不散发勾结的气味，无须让一个男子对她如此殷勤看重。

重光不势利，也从不仇富。相反，她觉得有所成的人才会有更好的心态，有更高的精神追求，但这显然也需要一种个人的境界，不是人人都能做到。人要走过千万重山，抵达高山顶端之后，再甘愿放低自己以平常心做人，但这只能属于有觉悟的人。眼前这个温和平淡的男子，直到此刻，他的面容依旧没有给她留下深刻印象。他是个举重若轻、波澜不惊的人，这是他身上最好的部分。还有他穿衣服的气质和他的农场。不是所有的男人都会选择去种菜种树，种一池塘的荷花，不管他们有钱还是没钱。也不是所有的男人，都能把一件棉布衬衣穿得似乎总在闪烁出一种细细光芒。他穿的衬衣吸引重光的注意力。

他十分干净，并且有力。

这样的男子一般会早婚早育。很少见到出色的男人，很晚还不结婚，他们即使卓尔不群，品味独特，也依旧会早早归属家庭。而女人则刚好相反。像清祐这样的男人，会维持很好的家庭，疼爱妻子，呵护孩子。嫁给他们的女子，是有福的。

重光心中如此这般地想着，一边微笑着与他道了别，转身上楼。

七

从他出差的第二天开始，清祐在云南发短信给她。他在短信里写一些随想给她，写得很长，感触细腻，观点独到。他曾经说过，年轻的时候也喜欢文学，写过诗歌。但重光觉得他幸好成了一个商人，没有成为文人。他接工作电话时，显示出思路清晰果决的一面，这与他私下流露出来的一种孤芳自赏的气息，成为矛盾又互相平衡的整体。

一个人若想拥有在出世与入世之间回转自如的真实性情，该需要多么繁复艰难的提炼。大多数人都做不到，重光觉得自己也没有做到。她始终还是出世的倾向超过了入世的意志，所以她过得不好。

那天晚上，重光正与一个朋友在餐馆里吃饭，对方刚从荷兰回来，也是很久没见。那天重光得到一次求婚，来自坐在桌子对面的男子。他们其实五年前就认识，算是做了很长时间的朋友，只是断断续续。有时他带她去偏僻的咖啡店，大概是他喜欢的小店，简洁，人很少。有白色的墙壁和黑色木头桌子，沙发很旧。他与她在一起，放松自在，靠在长沙发上，把半盒雪茄抽完，略有睡意，从下午闲坐到黄昏，然后带她与他的朋友们一起吃饭，喜欢对他的朋友说，这是我老婆，我们刚结婚。但事实上，他有很多女性朋友。他对她似近似远，似乎一直把握不好与她之间的距离。他们分别又谈了一些各不相关的恋爱。最终，他用了五年的时间做了一个结论，他想与她结婚。

这是个行踪不定的男子，对人的感情是不拖泥带水的，是说变就变的。讲话极其直率，有时肆无忌惮。一种无赖的强硬的气质，又有童真。不让人接近，又想控制住别人。有时阴郁锋利，有时温情脆弱，能让他身边的人感觉很舒服或很不舒服，像阴沉天空之中一轮炽热的大太阳。

重光曾经被这个大太阳的光芒照到身上。如果换到五年前，他对她表达这种感情，她大概会愉悦地接受这个邀约。更何况他说的是结婚，而不是恋爱，这是一个郑重的邀约。但是五年时间太过长久，长久得让她以连自己也无法预料的速度成长，长久得足够让她想明白很多事情，知道有些人只适合与之恋爱，不适合结婚。恋爱的男人，可以是阴沉天空之中一轮炽热的大太阳，变幻不定，甘苦无常。想与之结婚的男人，不能这样，他应是一个持之以恒的发电系统，有足够的安全、足够的能量，彼此善待照顾。其他的都已不重要。

金贵细腻的伴侣，毕竟不能共存。这样的人，需求多过付出，仿佛是天经地义的婴儿。重光想，她没有力气了。终究敌不过年少时的强盛顽劣，被剐上千刀，也可以若无其事地起身走路。她已不能还像少女一样为恋爱闯祸。时间无多，不够原谅自己，不够让自己重新开始。

她拒绝了这场求婚。她很想结婚，但比此更明确的是，她知道自己需要一个怎么样的婚姻。

桂兴曾经问她，重光，你要一个怎么样的男子？重光说，要一个能帮我在院子里种树的男子。与他一起种树种花，生养两三个孩子，晚上在庭院里摇着扇子闲话家常，对着月亮喝点酒。这样生活一定会好过一些。

桂兴当时听完，很不以为然。但她喜欢重光，也是因为重光毕竟还是个与其他人不同的女子，个性朴素，但身上总有一种颓唐气质。她觉得重光的想法不现实。不。重光心里想，这就是她最为实际的想法了。她的确只是想要一个干净的可以种树的男子，而且觉得能够得到他。

她打车回家，出租车穿梭在北京夜色中的高架桥上，重光开窗让大风吹着脸。手机再次发出短信的声音，还是来自清祐。他说，桂兴说你想去山西。我可以开车送你一段，大概可以抽出七天的空闲。再带一个朋友与我们一起同往。

他很果决。重光想，有自信的男人，毕竟还是不同。但重光的心里什么波澜也没有。她对不会有结果的事情，从不愿意有任何付出。她就是这样现实的人。她很欣赏清祐，觉得他可以是任何一个女子的归宿，但是以他的年龄和性情，明显是有家庭的人。她没有兴趣与男子玩婚外情的游戏，这一点上她是绝对保护自己的。

她年少时叛逆，桀骜不驯，离家出走，独自走南闯北，已磨炼出兽般的机警和强悍。生活没有给予她能够始终保持幼稚天真的机会，她有些颓唐，但从不是浪漫的人。她重复阅读了几遍他的短信，想着该如何回复他，不回似乎也不礼貌，于是就只是简短地说，谢谢你，望在云南顺利。不过是客套的废话。

她有一种难受的感觉，想呕吐，却吐不出来，胸口有一种堵塞感。想哭，却没有液体。只是觉得很脆弱，却不知道这种脆弱来自何处。是因为拒绝了一次求婚，是因为喝了酒，因为来自一个中年男子的短信，还是因为来自生活底处的困境及无能为力？压抑着回到家里。重光看着自己的窝。她幸好还有能力给自己一个家，她曾经用全部的钱，给自己买了一个房子，只是为了可以有个地方埋葬所有不能言说的难受。

她有想喝醉的欲望。橱顶上还有一瓶喝了一半的百龄坛威士忌。喝醉唯一的作用，是可以导向哭泣和入睡。那种哭泣，几乎可以把内脏都要呕吐出来一般，全身颤抖，难以自制，心脏痛得难以自持……十分快意，以前的重光会这样干。但这次她决定控制自己。她应该习惯控制自己。

她给桂兴打电话，说，桂兴，我就留出这一年。如果今年没有结婚，就打算一辈子独身。以后就什么都不做了，也不再抱有这个意愿。

她在说这些话的时候，觉得那已经是心里十分明确的想法。她是逐渐逐渐地就想清楚了。她不是那个十六岁和班里男生骑着自行车去看电影的初恋少女，她用双手建立起独立的生活，有明确的精神系统，即使一个人也能够活得很好。她没有办法再恋爱，创口会使人的皮肤更加坚硬，生活的阴影积累久了，也是如此。

这一年结束，她要出去旅行，去山西看石窟和古老村镇，申请去更遥远荒僻的地方做义工。桂兴这次以异常笃定的语气，对重光说，只要你愿意，一切都不难。你相信我，重光。人的婚姻是命中注定的。那个人会出现，只是早晚的事。

她洗澡，上床，拿出古伯察神父的《鞑靼西藏旅行记》。为了传教，这个法国人花费两年时间，从蒙古走到西藏的拉萨，一路经历的死亡、危险、艰辛自不必多说。人的内心信仰的确可以带来最大程度的勇气和意志，以至身处的痛苦都变得微小。读有趣的书就仿佛是与有趣的作者对谈，只可惜不能向他发问，只听他自说自话。

重光很快忘记自己的小小挣扎。她的台灯没有关掉，手里拿着书就在床上睡了过去。

八

桂兴又来电话，说清祐从云南带来礼物，想晚上约一起吃饭。

重光算一下时间，他是刚到北京，就邀请她们出去吃饭。这个四人约会的确是过于勤快一些，难得的是桂兴和兰姐每次都精力充沛地参与。

清祐先来接她。依旧站在车门外，远远地等她走过来。这一次她坐在他旁边的位置上，离他很近。她开始问他一些问题，因为清祐谈论自己很少，她甚至不知道他具体是做哪一个行业的。他接连发给她的短信，毕竟还是主动拉近一些彼此的距离，似已不仅仅是谈天说地的朋友，还可以有一些私密空间。她先问的是他的工作，然后是他的家庭。清祐逐一娓娓道来，那都是一些复杂的历史，而唯一的结果就在眼前，是这样复杂的历史，塑造出这样的男子。他就坐在她的身边，稳妥熟练地开着车。

他连开车都开得那么好。

他带她们去一个很奢华的餐厅，旧日王府的花园，环境幽美，菜式高贵。重光在后面轻轻对桂兴说，不能老让他请我们来这样贵的地方，这样不好，好歹下回我们也该回请一次清祐。重光从来都是分明的，虽然这分明也是自我保护的一种，她不习惯接受别人似乎没有什么理由的付出。

桂兴只是捏一下她的手，示意她不用在意。平时做事得当的桂兴，这次却似乎觉得理所当然。重光觉得疑惑更多。照例随兴流畅地聊天。那天是七夕，兰姐说，天上的牛郎织女是一对，我们这里也应该出一对。这话很直白。桂兴看重光一眼，脸上显露出尴尬的神色，接口说，重光，清祐明天想带我们一起去河北的一个寺庙。在那里要住一晚上。你想去看看吗？她说，可以。她就是没来由地觉得与这些大朋友在一起，心里安定愉悦。

他送她到楼下的时候，把从云南带来的礼物拿出来给她。其实三个人得到的礼物都是一样的，大包的洋参片、冬虫夏草药粉、茶叶、泡茶的器具。他还给她一只很大的榴梿，说，你爱吃榴梿吗？她说，我不反感它的气味。他说，这是很有营养的水果。应该多吃。她说，我去山西的路途，你会不适应的。要扛大包，上山下河的，我一般住很廉价的小旅馆，吃很简单的食物。他说，那倒也是，我对住的地方挑剔，喜欢五星级以上的酒店。重光笑起来，说，你的旅行和我的旅行完全是两种概念。他说，但不管怎样，我还是想送你。我们开车去。他打住她的话头。

然后，他拿出一只大信封给她，说，这里面有两封信，一封是我写给你的，一封是我以前写给我同学的，只是想让你看看。这时他的眼睛露出羞涩的表情，这种羞涩显露在一个四十多岁经历过繁杂世事的成熟男人的脸上，让重光震惊之余，心里慢慢地润泽起来。此刻，夜色中这张温和的面容上，那眼睛中羞涩的亮光，十分清澈。

大概是为了掩饰羞涩，他又说，重光，今天你没有穿绣花鞋子。

这天她是换了一双丝绒小圆头的平底鞋。她说，只是有时候偶尔换一换。平时我还是绣花鞋穿得多。他说，那真是好看。我的母亲已八十多岁，她年轻时也穿这样的鞋子，在头发上插花，用自制的桂花头油。

她告别他，上楼。把榴梿放在阳台上，洗完澡，然后躺在床上拆开他的信。那封写给他同学的信，是关于他的前次婚姻，那次婚姻已经在他二十八岁的时候结束，他在信里说明了他与前妻之间的一切事情，答复那位关心他的同学。写给她的信，谈的是关于他对生活和佛教的一些看法，里面没有任何情感的表露，更像是一种思想汇报。她读着读着，便略略微笑起来。果然，这是一个认真而传统的男人。

但是，他是独身。

九

一个男人可以独自度过十多年的单身生活吗？心理和生理的问题，该如何解决？是用怎样的一种内心信念，支撑自己孤独地生活。

重光一路都在观察清祐。他是一点一点地显露他身上的能量，从不咄咄逼人，但的确每次出击都力度十足。去寺庙的路很远，他专心开车，不辞辛劳。他也在车里放音乐，但买儿童合唱团的 CD，唱的是五六十年代的老歌。孩子澄澈的歌声回荡在车里，他喜欢的音乐是这种类型，干净淳朴。的确如此。

她的眼睛始终关注着他高大结实的身形。他走路的样子，说话的样子，做事的样子。所有的一切都是妥当的。带了大箱水果和茶叶，给庙里的大和尚。自己动手，事事亲力亲为，搬动大包装箱。是勤劳的男子，喜欢动手做事。在庙里的斋堂里吃饭，毕恭毕敬，心神专注。

他们在庙里说话很少，因为那里静致，他发短信给她，问她吃素食是否习惯，明天的早课早上五点就开始，如果她觉得累就不必去听，晚上要好好休息之类，十分细心周到。桂兴与她同住一个房间，似乎一直在等待她的某种表态。重光把前后发生的事情一对照，回过神来，知道事情大概是什么样子。她立定心意，对桂兴说，清祐很好。

桂兴说，你真的也这样认为吗？重光，我和兰姐希望你们能在一起。其实这么多年来，一直有很多女孩子追求他，他都没有接受。他实在是个骄傲的男子，谁也无法捉摸他心里的标准。我们一开始也就只是想顺其自然。

重光说，那次去读经会是你们安排的吗？桂兴说，是，事先根本不敢告诉你，怕你对这个方式反感，那么以后就什么都没得谈了。那一次

218

见面之后，他去了云南，经常打电话给我，与我商量该如何去接近你。他不习惯追女孩子，他不是对感情主动的人。

重光说，原来你们三个都知道，就我独自蒙在鼓里。桂兴说，你性格敏感，糊涂一些不是更自然吗？重光说，那次读经会，我都没化妆，心神不定，对人爱理不理的，他居然也看上我了吗？桂兴说，你在说什么，重光，你可是难得的珍宝一样的人，清祐也是一样，奇怪的是你们对自己都没什么信心。他在云南打电话给我，差点儿就想知难而退，说即使只能够与你做朋友，也已十分满足。他觉得你很好，只怕高不可攀。

重光坐在床边，看着自己光着的脚，清晰地说，不，我很喜欢他。他是个好男人，值得别人对他好。

第二天下午，回到北京城区，把兰姐和桂兴都送回家，车里又只剩下清祐和重光的时候，已经是晚上将近十一点。清祐长途开车，神情疲惫，但他说，重光你累吗？我们去吃点东西。她知道他还想与她再待一会儿，也许他需要确认他从桂兴那里听到的回复。她说，好的。于是他将车开到他们第一次吃饭的那家咖啡店，那家店营业到凌晨两点。

第二次回到故地，景况已和以前不同。清祐做过多年贸易管理，推进的步骤果决而有效率，时间短促，他出差还走了七天，但步步为营，全都安排妥当，没有浪费任何时间。他给她点热汤，建议她应该补充一些水分和盐分，他的神情略有忐忑，似乎不知该如何开头。重光知道这时候该轮到她出场了。只有她是一直站在暗处的人。

她看着他的眼睛，说，桂兴都跟我说过。他说，重光，我很愿意照顾你。重光说，我知道。只是我想马上就结婚，我没有力气再谈恋爱，这是我的真心话。

他看着她的脸，她的话似有点出乎他意料，他本来做好心理准备，想与她建立稳定的关系，当然最终也是要结婚。一般结婚的提议，好歹该是男人来提。她是他认定的。她果然与其他任何女孩子不一样。那种冒险激进的果决之心，隐藏在她轻淡平静的表象之下。

他说，如果你想现在就结婚，自然我也很愿意。一切由你而定。

十

他们从在读经会上相识，到决定结婚的这一刻，不过十五天，见过三次面。但这不说明什么。他们之前为等到对方，付出的时间已太过漫长。

他第一次见到她，她穿一双耀眼的红绣鞋，缎面上刺绣并蒂莲和鸳鸯。夏天，她只穿白色刺绣上衣，配各种棉或丝绸的大裙摆褶裙，碎花或者圆点的图案，是二十世纪六七十年代风格的衣裙。黑色浓密的头发，像孩童一样略有些湿。她坐在桌边，长时间不发一语。

大多数都市女子，涂抹化学成分的昂贵化妆品，穿人造质料的衣服，热衷在头发上喷浓稠摩丝，做奇怪发型，穿尖头高跟鞋子。重光穿着红绣鞋，只穿清爽的布衣服。她也从来不修指甲。她的手需要打字，需要洗衣服，需要做饭，需要抚摩猫咪，需要翻书，所以，它不能被做装饰。那些被疏忽丢弃的传统审美，出现在重光身上，他看到她的绣花鞋子，十分欢喜。

他第二次见到她，她尚且不知道坐在对面的，是一个想娶她为妻的男子。她抽很多烟，喝了很多白葡萄酒。毕竟是习惯在路上风餐露宿的人，举止不拘小节，并不讲究，略带心不在焉，伸手拿烟缸的时候，白色短袖衣服的袖子往上缩，露出手臂上端的刺青，一个诡异古朴的图案。他确定她身体的其他部位应该还有。她是一个积累了长久的生活阴影和创痛的人，因为沉默，因为始终控制自己，这些积累使她浑身散发出一种刀锋的气质。有时并不悦人。

她始终有一点点破损的不尽意的气质。是那种刚刚走出昂贵场所，就可以蹲在街边点起一根烟的人。没有束缚，看不出明显的界限。可以出现在任何一个场合里，过任何一种质地的生活，完全混搭。是这样一个边缘和不合理的女子，神情寥落地出现在他的面前。他看到她身上互相交错的明与暗、善与恶，但这并不使他畏惧。他在瞬间认定了她。

他曾质疑她的工作，他说，你做义务支援的工作，是因为衣食无忧，不需要为生存奔波。你们的帮助，无法改变那些贫困地区的人的现状。她坦然承认，做支援工作的少数人必须要先跨越过生活本身的需求。宗教不是一种拯救或解脱，它不是我们手里可以用来改变任何现状的工具。它只是一种觉悟。觉悟是过程，也是目的。觉悟需要我们事先为自身做好许多准备工作。人有了觉悟，会解决更多的问题。

当然她也有在试图寻找觉悟中所得的困惑。说起在高山木楼里度过的奇异夜晚，闷热之中辗转反侧，站在山顶，看到山谷之间的层叠木楼，灯火明灭，云层浓厚，星辰亮如钻石。广袤天地回响着巨大的轰鸣，那是瀑布、泉水、昆虫、稻田、狗吠、松林……一切自然存在，所发出的回声。她说，回声里分明有某种足迹行过天地。它这样明亮地行走在人世的苦痛之上。仿佛没有任何怜悯，仿佛是一种喜庆。因这是它得到的世界，并不需要人来理解。山峦层叠，一头高过一头。人无法走遍这地球上的每一座山头，这是世界上最为虚无的事。

她说，行走，是一件落魄的事情。它仅是一段心与天地连接的幻路，被那明亮运行于天上的光照耀，似没有救渡，又似时时处处可得新生。如果有人喜爱落魄的生涯，他们就将成为幻路的牺牲者。

她又说，经过一个寨子古老的风雨桥，看到桥头那块石头碑写着：六畜清吉，丁口平安。只觉得心里稳妥。而有人在门口的对联上写着：日清月明。也一样让人喜悦。

这个女子，她想停歇，想休息。可以顽强对峙，也可以渐行渐远。只是所负担着的虚无压力如此之重。她一直在防备、抵抗，从不松懈。可是当她笑起来的时候，却只有一种无辜的纯洁的眼神。

他所做的一切，不过是告诉她，如果她愿意，她可以嫁给他。

十 一

重光确定自己要出嫁了。

除了告诉母亲和桂兴及兰姐,她没有告诉身边任何认识的人。她和清祐,都不准备有常规的婚礼。不宴宾客,不告知外界,也不拍婚纱照,只是请人选定一个吉期做简单的注册。这一点,他们的观念相同,毕竟只是一件私人的事情。两个人打算在一起生活,结为夫妻,十分平常。见多盛大热闹的婚礼,日后又不长久,舞台般的展示,最后只成为一个戏剧。很多人彼此离弃的时候,是连婚纱照都要丢弃的。

一起布置清祐的公寓,重光要搬去那里。订购樱桃木的暗红色地板,花鸟图案的丝织壁纸,新的古典风格的家具。他尊重她的工作,特意为她辟出一间书房,定制大排书架,买来桃花心木和樱桃木镶拼的书桌,桌面上有菱形暗格的图案,英国风格的式样,纯实木,十分漂亮。一把椅子有丝缎的衬面,名字叫弗朗西斯卡。她一早已知道,他会好好照顾她。

注册之前的几天,重光每天只做两件事情:上街去采购,买嫁衣,买首饰;整理家里的书和物品。逛街逛累了,在街边的咖啡店里买份三明治,喝杯冻饮。她没有订婚纱的必要,所以只是买了两条正式的裙子,作为结婚用。一条白色连衣裙,裙边和领口处有刺绣的镂空花边。一条橘红色桑蚕丝裙子,长及过膝,十分端庄大方。

买了两条高田贤三的裙子，大朵鲜艳花朵的绢丝和缎子质地，这种名贵衣服，她平时极少买，她没有什么场合需要穿华贵的衣服，但结婚是另一回事。衣服穿完，也许会收在抽屉里做纪念，留很多年，也许以后还会给女儿，说这是妈妈结婚时候穿的衣服，假如他们会有女儿的话。在王府井买了两双簇新的红缎子绣花鞋，一双鞋面上是牡丹，一双是鸳鸯。买了一条旗袍和一条珍珠项链。

清祐找一天，特意带重光去珠宝店，买了黄金龙凤镯子、钻石项链和戒指，很是传统。他也知道重光不会戴，但是觉得该买的都必须要买好。重光平时只在手腕上戴个银镯子。

重光把新的嫁衣、鞋子和首饰，放在卧室里。晚上睡觉之前，都会看到挂在衣橱门上的白色裙子，和放在底下的红色绣花鞋。就这样要把自己交付出去。重光知道自己的意愿依旧是一次正确的决定。她给自己做的决定，一般不会出错。如果有出错，那也是为了后续的正确。

那几日，清祐即使在公司事务繁多，也会抽空发短信给她，有时是结婚之前的一些感想。他是心思细腻的人，反而比重光来得更温情脉脉。她的心里不是没有淡淡的怅惘。过了那么久的单身生活，就要嫁人。这是她独自持有的秘密，因此格外郑重。她想清祐又何尝不是。这个承诺里面，的确是有着各自的牺牲和承担。这就是婚姻。

他们一起去王府井的老相馆照合影，为注册登记准备照片。相馆生意很好，拍照片的人排起了队，空气闷热。重光穿着那条橘红色裙子，等待间隙，在镜子前抹上淡淡的口红，把清祐买的钻石项链戴在脖子上。她拿出纸巾，说，要不要擦一下脸？他顺从地把脸俯向她，闭上眼睛，她一点一点替他抹去额头上的汗迹。此时她认真看完这个男人的脸，他有一双细长眼尾的眼睛，十分清秀。他的长相因为有了时间的痕迹，有了信仰，所以有一种力量。重光觉得四十多岁的清祐应该比二十多岁的他要好看。而她，注定要在他四十多岁的时候，才遇见他。他比她大十五岁。她是个恋父的人，适合有个年长的丈夫。

戴上钻石为男人擦去汗迹的重光，在这个瞬间，发现自己成为一个新妇。

去注册的早晨，为了避免堵车，他们很早起床，提前出发。天气已经转入初秋，空气里有微寒。重光穿上白色绣花裙子和新的绣花鞋，发髻边戴一朵绢制的粉红牡丹。在肩膀上搭一条羊毛披肩。民政局门口已经排起长队。那天只有重光做这样的打扮，她的白裙和头上的牡丹花引起纷纷侧目。

他们当时也没有拍照，重光手里没有捧花。但这一切都不重要。他们拿到两本鲜红的结婚证。一切没有丝毫费劲之处，水到渠成，顺其自然。换言之，男人如果真的喜欢一个女人，他会想尽一切办法来与她联系，靠近。他总是在那里，随时可以找到，愿意为她做一切事。就那么简单。她果然也没有做过任何其他的事。

原来真的是有奇迹的。命里有的，就一定会有。自己会冒出来，不需要任何努力，只能等待。

她去郊外的农场见到他的母亲和家人。见到给他打电话的小女孩，是他亲戚的孩子。他有一大家子的人，重光不会缺少人做伴。她也看到了他自己设计的大房子，美丽的花园和绿色菜地。他养着一条温驯活泼的大金毛犬。他会做木工家具。自然，他也会种树，种了银杏、樱桃、合欢、枣、苹果、桃树和梧桐。已经是秋天，池塘里的荷花枯谢，斑斓活泼的锦鲤不时蹿出水面来觅食。老柿子树挂满橙黄色的硕大柿子。两株矮壮无花果树，可看出曾结过累累硕果。清祐从掌形的绿色叶子下面，摘下一枚余下的熟透果实，软而沉坠，紫色外皮上尚沾染着露霜。他把它擦拭之后，剥开果皮，递给她。这是她童年时经常在院子里摘到的果实，她接过来吃了它。

她见到他内心深处的花园和工国。他建立起的花花草草，繁荣昌盛。他持守的情深意长，风清月朗，又欢喜愉悦，与世无争。她的男人，勤劳并且朴素，细致耐心，善待花草树木，默默埋头劳作。他用双手创造一切。这是他身上最珍贵的地方。她敬重和爱慕这双能够劳动有担当的手。他有力气，有能力保护她。她为着这双手，与他结婚。就是如此。

重光早起去农场附近散步，看到成片的房子和花园，很少有人住，路上没有人迹，只有鸟声清脆。走在花园的偏僻小路上，围墙外的高大白杨，绿色树叶在阳光下翻飞，深浅不同的颜色依次变化。天很蓝，很开阔，白云朵朵。空气里没有尘烟味道。野地里大片的月季花蔓延无边，粗壮高大的植株，开出碗口大的花朵，颜色缤纷，香味如同蜜糖般清甜。

她牵着大金毛犬在田野里散步，阳光灿烂，天空晴朗，回家的路上，选一朵最饱满颜色最纯正的月季戴在头发上。有时候是红色，有时候是黄色。有无尽的新鲜花朵，可供戴在头发上。

三个月之后，重光发现自己怀孕了。

十二

她一直试图寻找与这个世间所能保持的一种稳定确凿的关系。

这种关系，也许如同一个女人在分娩时遭遇的艰难痛楚，努力尝试完成自身肉体的分裂，即使孩子一旦脱离母亲的子宫，便各自趋向独立。这种关系，是父亲死去的时候，充溢在血管和皮肤里面的孤独，那种孤独，隐藏在她的暗处，深不可测，似乎要粉碎掉她的身体。这种关系，是她在自己皮肤上确定下来的刺青，戴在手腕上的镯子，她看待自己肉身的态度，可以随时死在不为人知晓的夜里，不为人亲近的路途上。这种关系，是八月的某天，她在一个房间外面敲门，参加一个读经会，看到迎面来开门的清祐，干净温和的男子，身上穿着一件白色衬衣。

他一眼认定她，愿意给她婚姻，如果她需要他，他愿意带领着她，与她共度不知道期限的时间。

刚与清祐在一起生活的几个月，重光什么都没有做，也不见任何其他人。只是守在家里，与他一起燕子筑巢般经营家庭的种种，与他形影不离。她陷入一种从未有过的自我停顿里面，也从未对一个男子如此依赖、如此留恋，因此有时会很脆弱，无端流下眼泪。清祐工作繁忙，偶尔晚上十一点多还在外面应酬，她独自在书房里看书，一边等他，一边也会情不自禁地流泪不止。她不知道自己为何会如此。他待她很好，但她总是掉眼泪。

也许来时路有过极为漫长的时间，重光是后知后觉的人，在必须穿越这些路途时，咬紧牙关，坚韧静默，似乎她对疼痛的触觉十分麻木。回头再想起，却有着难以面对的损伤，一点一滴，原来始终积累在敏感的心里。那些从少女时期就开始的，与男子之间情感纠葛的不良模式，互相折磨伤害，总是会因此而起的鄙薄。那些对人情冷暖、世态炎凉长久的提防、退让和独自消释。那些伫立天地间，无尽失望和落寞之感……她始终在等待一个可以把脸躲进他的手心里的人。等待可以停靠，可以休息。哪怕以后还要继续上路。

现在，一个男子给了她恩慈，给她承诺和稳当的家庭，那是她缺失的安全和情感。这巨大变化的心理过程需要逐渐调适的阶段。

有时她在他入睡之后，看着他的脸，拉起他的手，轻轻亲吻他的手背，也会掉下眼泪来。她实在是对这个男子有着巨大的感恩之心。

她依旧不相信世间有所谓的神话般的恋爱和婚姻，一对男女之间能够甜蜜欢畅得永无尽头。她和清祐各自作为个体存在的那一部分，都格外独立、刚硬和独断，会有争论，会有对峙。如果换了没有经历的年轻孩子，快速地结婚，只会导致快速地分崩离析。但他们是成年人，并且是各自经历复杂的成年人，所以会把这一切消化，吸收，提炼。控制与占有，都很脆弱。她知道，在最终的关系走向里，只有恩慈、承担和包容才能决定一切。

清祐在争执之后，会迅速地向她道歉，反省。最初磨合的时期，使他们没有充分了解的彼此内心，一点一点地逐渐呈现，一点一点地真实和深刻。她看到他内心里的小小孩子，他亦看到了她的。她内心温厚的母性，能够包容他，理解他。而他在他们认识十五天的时候就愿意娶她。他押了赌注给她。这赌注不能说不大。

他谨慎洁净地等待那么久，最后娶了一个一意孤行的女子。不管你告诉她这该做还是不该做，她都会逆道而行，这是她的青春。她曾是这样叛逆的女子，又时常显得沉默，并不说出心中所想。现在的性格虽逐渐趋向平衡，但依旧敏感压抑。有时与他生气，也不说话，不告而别，他凌晨三四点找着她，她跑回自己的房子，酗酒喝醉，在沙发上沉默地入睡。她挑战他的心理防线。

他们认同对方是世间珍贵稀少的人，所以为彼此付出代价，这种代价是忍耐、牺牲、原谅、退让、成全，以此让婚姻完整、周全，绵延下去。重光十分清楚，她在这件事情上得到的磨炼和启发，超过她做过的许多事。这是最为实际的生活本身。她懂得了如何去尊重和爱慕一个男子。

怀孕的头三个月，重光十分不适。呕吐，虚弱，有抑郁加重的倾向，完全不由自主。清祐本来就不太想要孩子，作为一个佛教徒，他觉得没有孩子可以杜绝生死轮回的苦楚。他说，重光，如果我们没有孩子，等以后年老了，我就带着你，想去哪里，就去哪里，这样多好。

但是她去做 B 超，在屏幕里看到两个月左右大的孩子，已经有了头和四肢，住在一个黑色的小房子里，小房子里充满的是羊水。孩子在羊水里隐约地浮动着，看起来这样无辜、这样安静，小小的白色的人儿，在黑暗中兀自隐秘自在地生长。孩子会有一双像她一样的眼睛吗，轮廓如同桃花花瓣，还是会有一双跟清祐一样的眼尾细长的内向的眼睛。现在，孩子寄生驻扎在她的血肉身体里面，要让她用尽全身的力气来滋养孕育。重光因此明白和接受自己的艰难。

重光对自己说，她要在这些事里，慢慢成为新的人，逐渐置换内心的血液。过程缓慢，需要等待。人在一条道路或一段生活面前，总是会像无知的孩子，面对大人伸出来的握起的手心，盲目猜测，不敢伸手索要。那里会不会放着糖果，是奖励还是惩罚。但是承担和完成一切看似新奇的旧事，就是需要面对的道路。那原本就该是人的生活态度。

任何抱怨都是无用的。抵达，才能得到解脱。

终止一条道路的最好方式，是走完它。一切都是如此。

十三

转眼春天到来。重光度过三个月早孕期之后，身体和情绪逐渐稳定下来。她回到农场去住，早已戒掉香烟，不再碰任何烈性酒，抑郁平息，同时也彻底隐匿起来，不见外人，不再工作。她与他一起种了芭蕉、欧洲绣球、蜀葵、栀子、青竹。与他一起围起篱笆，搭起藤架。清祐教她怎么搭葡萄架，移植幼苗，以及为树剪枝浇水。她种藿香、薄荷、三七等草药，在墙边种牵牛花、凤仙、太阳花，是她童年时印象深刻的家常花卉。在清晨，摘下金银花枝头初绽的绿色花苞，收集起来，给清祐泡水喝，采摘菜地里的新鲜蔬菜，准备饭食。晚上他工作回来，与他一起散步，看天边晚霞，帮他按摩肩背，照顾他，无微不至。

她依旧如同初识他的时候一样，眼睛总是默默跟随和关注着他的身形。这个高大结实的男子，他走路的样子、说话的样子、做事的样子，所有的一切在她眼里看来，都如此妥当。仿佛这个人来到这个世间，他的身体、他的内心，是为她而生。

找到一个温厚纯良的男子，与他同床共枕，相濡以沫，生儿育女，白头偕老。即使一个女子，原本能尽力做到高处不胜寒的华丽，但能带给她安宁的，最终还是为爱的男人生一个孩子。就是这样朴素自然的本性，合理的道。重光觉得能这样看清楚自己，放低了自己，对一贯自我意识极为高蹈的她来说，反而是一种获取。这个男人是值得托付的。他能够照顾她和他们的孩子，他有能力给他们依靠。有一个纯洁鲜活的新生命，陪伴他逐渐老去的生活，增加乐趣和对尘世的责任，又有什么不好。她怀着这个孩子，格外心安。

她对他说，她会花一段时间给予孩子和家庭。当然，以后还是要做事。她觉得自己从来也不是典型的家庭主妇，以后也不会是。她得到了恩赐，心里有愿望，实现了它们。要什么，便有了什么。那是因为她一直遵循和坚持某种道的指引，内心顺服恭敬。她理应为别人做更多的付出。

在这个春季，她看到此起彼伏，如浪水席卷而来的花朵。墙头蔷薇，枝叶繁盛，花苞累累，颜色有粉红、白色、深红三种。当她早起，打开洗手间的窗子，准备洗脸、梳头，看到它们在一夜之间零星绽放，如同一种约定。探手出去，折了一朵，黄色花蕊挺立着，小小花瓣重叠。梳完头发，用发卡把它别在发鬓边。这一个春天，重光的头发因为怀孕格外漆黑，闪着光泽。它们即使在她夜晚睡觉的时候，也在兀自生长，就如同她肚子里安静的胎儿。她看着蔷薇，觉得孩子也许是个女孩。清祐说她怀孕之后就一直显得比以前好看。

花园里栽种的果树，樱桃、杏子、梨、桃，都已经结出青涩的小果子，隐藏在树枝间。菜地里生长着的菜苗。白色丁香一簇一簇盛开，有辛辣的芬芳。黄色雏菊最多，在草地上大片连绵，还有紫色的紫云英，大片的蒲公英。金毛犬喜欢它们，踏上草地四处嗅闻。满架的紫藤开得热闹，一串串紫花肆意攀缘，干谢之后，留下一地灰白色余烬。路边随处可见紫色鸢尾，它们开得密密麻麻。鸢尾开谢之后，芍药开始开放，大朵红花十分妖娆。

初春时分，有玉兰。然后是樱花、桃花，再是海棠。到了夏天，会有洁白的茉莉和玉簪，大簇紫薇、木槿、扶桑，一池塘的荷花。这一年，重光看过很多棵树，看到的果实和花朵，无法数算清楚。她带着身体里面的孩子，看泥地里露出尖顶的幼笋，无花果手掌形叶子下隐藏着的幼果，香椿树清香微红的嫩芽，池塘里活泼游动的小鱼和鲜艳肥大的锦鲤。这所有在生长着的幼小的繁盛的事物。她的身体，也在感受这样的蓬勃活力。这日益沉重的身体，因此显得格外沉静和坦然。它和滋生孕育的土地，属于同一质地。它本该如此。

她想她在某一天，会给孩子讲述她阅读过的关于地理和自然史的书里，所有充满神怪和令人惊奇的故事。比如锡拉夫曾到达过的群岛之一，他看到非常多的玫瑰花，有红色、黄色、蓝色、白色等颜色，他在大衣里放了一些蓝色的玫瑰花，大衣着火了，烧掉了所有的玫瑰花，大衣却安然无恙。这些玫瑰花用处很大，没有任何人能将它们从这块玫瑰花圃里带出去……还可以与孩子一起背农谚，"三月昏，参星夕，杏花盛，桑叶白，河射角，堪夜作，犁星没，水生骨"。或者"高山有崖，林木有枝。忧来无方，人莫之知。人生如寄，多忧何为？今我不乐，岁月如驰……"。读古诗是愉悦的事。也许在孩子幼小的时候，她就可以背着她一起去旅行。她会在小女孩子的裙边上亲手刺绣小鸟与花朵，一如她的母亲曾经为她做过的。

清祐问重光，你有帮孩子取过小名吗？重光说，叫月棠。花园里有两棵西府海棠，是清祐在去年栽种的，今年开出满树重重叠叠的粉白花朵，如云霞绵延，十分芳香。"月上海棠"是一个词牌名，但因为它美，重光一读就记住。她在夜凉如水的庭院里闲坐，看到一轮圆月浑然高挂，花树璀璨，月光照射在暗沉的花朵和树叶上，闪烁出细碎的鱼鳞般光泽。白色流浪小猫轻悄地从竹林里跑出来，在院子里穿梭而过。青蛙在荷塘里叫着，伸展出来的绿色荷叶上滚动发亮水珠。重光轻轻把手搁在肚子上，孩子正在她的身体里活跃地嬉戏窜动。此刻她们共有一体。

是的。世间任何平常的美好的事情，也就是如此了。

素年锦时，二〇〇七

送给恩养，一个纪念

「目 录」

「在大理」

一

把去大理的行李整理好。除了衣物，带上一双布鞋用来吸地气，一双球鞋早上健身。带上姜黄海盐、肉桂粉、蜂蜜、胡椒粉等调料，面条，松子、香榧子等常吃的坚果。这次一本阅读的书都没带，带了三本经文。

小姑娘说想去欧洲。我说世界什么时候能变好现在还不知道。如果变好了人的确应该到处旅行。

每次赶早班飞机必定失眠。凌晨两点多才睡，四点起来，准备去机场。因为担心早上堵车，总是提前到机场。不喜欢各种意外情况的发生，堵车、航班延误等导致的机场混乱、排队人群密密麻麻，以及心急火燎地赶时间，安检还要求人让自己插队等等。宁可早到。

通常，与小姑娘一起旅行，是一种责任，是必须去做的事，付出照料，付出精力、时间、耐心。人生的责任是某种业力。终结业力最好的方式，是做完和做尽它。

能够离开北京最近湿热污染的空气，让人觉得放松。每次在乡间住一阵，觉得身心洁净、清透，吸收力很强。回到北京，呼吸系统一直发病不说，人会觉得浊重、迟钝。我对环境、气场等过于敏感，有时会起直接反应。

自助托运，各种填报，幸亏人少，否则耽搁不少时间。候机乘客看起来与去其他城市的人略有区别，大致分两类：有些看起来是朴素的神情自然的情侣或家庭成员，正处于洗尽铅华的过程；有些是戴佛珠、穿袍子、有文身的打扮离奇的时髦男女。大家带着各自目的，奔赴千里迢迢的山水之地。

四个小时之后，抵达大理机场。司机来接。他爱聊天，路上告诉我最近大理在被整顿，洱海污染严重。当地管理机构制定了一些措施，希望大家能够维护水源洁净。想想，任何一处佳境，如果不注重环保，简单粗暴地对待它，最后的结果一定是会伤害到别人，也伤害自己。

回到家里，恢复水电，清扫家里，整顿花园。一年多没回大理的家，花园会变成热带雨林。绣球疯长成林，月季粗壮高扬。临走时种下的金银花搭起凉篷，无名爬藤爬满玉兰树、石榴和白花树，甚至长出一棵以前完全没有的树……喜欢的羊齿蕨类也不请白来。紫藤爬上花架。这里的植物生命力惊人。我不在的时候，它们仍在兀自不懈地生长。

院子入口的大樱桃树，今年不知道结了多少果实，地上厚厚一层果实腐烂后剩下的果核，连同堆积的落叶，发酵成黏糊糊的肥料。用铲子移动到土壤里增加营养。鱼池中的金鱼，因为生活在露天池塘，有太阳、雨露，过得挺好。没人喂养还长肥很多。

绣球花发生变异，种下去是很小的花苗，带着蓝紫色小花，现在开出壮硕大花，颜色出现铁锈红色斑点。走之前埋了不少在菜市场收回来的鱼肚肠，满满一大包埋在根部，现在长得跟我差不多高。花园里有原始的野性，蓬勃的活力。

一下午大概只干了一小部分工作，接下来再慢慢弄，也要请工人来帮我拔掉已长到半空的疯狂状的月季，感觉有个心灵手巧的男劳力更好。有些事男人会比女人做得好。在天地间浑然忘我，劳作，对人的身心是很好的滋养。

在大理，生活呈现开放状态，与户外自然元素紧密连接，互相融合。与城市中在车水马龙、高楼大厦中被孤立封闭的状态完全不同。

二

早上，请来的老工人三下五除二把花园里的花草修剪干净。绣球剪光，他安慰我，这花很快就会发出来，我理性上接受，感情上还是有些不舍。包括即将开花的滇丁香，捡起来都插瓶中。疯狂月季他不肯拔，说太可惜。倒是把那棵自生的野樱桃树一下子就锯掉，留着一截根枝，或许还会长出来。

花园前前后后，开阔明亮整齐很多。他说春节的时候叫他一声，再帮我修剪一次。我想，花草野性恣意生长，的确杂乱无章互相都妨碍。活力再充沛，有些戒律和节制，只会长得更好。

搬家具、挂画、抬东西、买水、联系接宽带、整理之前北京发过来的各种包装箱，所有物品归位。去超市买一些必需品，接线板、垃圾桶、地垫、厨房用品，诸如此类。听到里面的外国人说纯正的中文，询问服务员一个盆比另一个盆贵十元的理由。是个看起来很干净的中年女人。这里颇为国际化，很多老外隐居多年。

大理的厨房我有兴趣做饭，每天自己动手做两餐。去集市买菜，菜场大部分都是当地人买卖，各种作物好像刚刚从地里摘下来。新鲜的蘑菇和野菜，肉摊和鱼，还有很多鲜花，各色大丽花扎成一束束浸泡在清水塑料桶里。

买了一位老婆婆自己做的瓦罐里的腌酸菜。蒸熟的红皮花生，结实，嚼起来很香。南瓜、茭白、毛豆、小菱角、某种芽尖，还有一种洱海里的小鱼。离开熙熙攘攘的街道，回家途中，在车窗边看见层层叠叠的苍山，浑然壮美。山峦的曲线，云团吞吐，怎么看都不厌倦。

抄近道走回家。一路上坡，走得浑身出汗。到家时大汗淋漓，比在健身房效果好百倍。每天这样步行买一趟菜就不用做其他运动。

在大理的朋友说，除了种菜、种花、挖竹笋、做松茸馄饨、做家务，好像没有其他更重要的事。总要做些事度过时间，回到生活本身。

三

半夜暴雨滂沱，清晨放晴，下午阳光干净。

大只红色蜻蜓下雨前会在鱼池上飞。早上在阳台看见松鼠。黄昏时一只大蝴蝶大概飞累了，停在玻璃窗上休息。卫生间常有一些小昆虫。鸟声当然是更多的。做完家务，收拾，整理，一切都安顿妥当。

在暮色弥漫的茶室一个人安安静静抽根烟，周围没有什么声音。

风偶尔刮动竹林，鸟儿们好像也都回家了。

四

两位朋友来，带来一对老杯子，自制水果饮料、奇亚籽、椰枣，我们去看了一处房子，然后在一条街上的面包店小坐。这家面包店的食物据说很好吃，买了不同的几种当早餐。喝白桃乌龙热茶，和朋友抽几根烟说了会儿话，然后告别。

散步到附近水果店，买无花果、蓝莓、松茸、土鸡蛋、豆腐。各种蔬菜比北京的新鲜，形状不太一样。此地，空气、交通、食物，无一不比北京好和便宜。业力所属，住在昂贵、污染的北京，所有花费都高出几倍。

黄昏和小姑娘去散步。回来时在路上遇见一位女子，手里拎着一只大西瓜，一袋菜瓜，一竹篮鲜花，看见我们直接呼救，快帮帮我，拎不动了。这边房子都建在山坡上，基本上一路上坡，又有一些海拔。拿重物上行很考验人。骑自行车更不可能。

我们帮她拿东西上山，一直走到她家。收拾得干干净净的花园盛开着鲜艳花朵，有孩子玩具，她双手合掌不停感谢，顺便告诉我们山下商街有夜市，可以去看看。

下坡去夜市，灯火闪烁，十分热闹。居民们卖手工做的食物、工艺品、衣服、包袋、帽子以及一些古董二手首饰。还有烧烤、啤酒等各种吃喝，以及塔罗牌占卜摆摊。奇装异服的嬉皮士风格的男女，混杂聚集。和小姑娘一起选了袜子、印度海螺戒指和古董红宝石戒指、缅甸琥珀手串、喜马拉雅白水晶手串、珍珠耳环、自制流苏镀金耳环、手缝茶垫和餐巾老布，价格便宜惊人，东西都好看。

卖袜子的女孩赠送给我花种。

又买了一袋红米，一罐紫苏青梅酱、高山野生蜂蜜、金沙红糖。

五

订了铁壶、岩泥壶。紫砂储茶缸出乎意料地庞大，不能放在茶室存生普洱，只能放在庭院里当雨水缸，或许可以用来养金鱼或种荷花。

在昆明订一些普洱生茶，试试新买的建水紫陶壶杯。先用生普洱茶水浸泡开壶。感觉香气里有蜜糖味。喜欢生普洱是因为它们的香气清畅厚实。

早上起来步行，一直走到山边，松树密密麻麻，空气遍布松树芳香，气场更清幽。路上无行人，山顶云雾漫漫。

午后通常下雨，不大，淅淅沥沥，天空依然蓝天白云。但这雨声因为安静呈现出在不同大小形态的叶片上的深浅区别，好像有特别的韵律感。那时我会在客厅沙发上躺一会儿，什么也不做，只是听着这雨声，什么都想不起来。不知道这是一种什么状态，觉得也许是一种观空。

有人曾说，在此地生活要小心自己变得很慢。在这里的心情和在南法时很像，心和脑干干净净，无思无虑，无喜无忧，有些像空气。但时间流逝是有质感的。不像在北京，容易感受到身心各种微小不适，而时间又过去得混沌。

苍山属于横断山脉，最高峰大约海拔 4100 米。我觉得它特别美。它时时在变化，云团，光线，天色。有大美而无言。什么都比不上泥土、水、植物、山脉这些自然元素带给人的疗愈。活在人造世界里的空虚和急躁，是环境给予心的投射。

真实是归所。

六

吃过自己做的面包之后再不想吃面包店的成品。那种刚烤出来的芳香和热度会让人一再地想吃。发酵三次，合起来差不多二十个小时，这一次做出来比较完美，好吃。

做的面包更类似在青海吃过的大馍馍，但是结合两者的优点。配滚烫的奶茶喝，刚好。还没来得及买烤箱手套，纪念一下这个烫痕。

吃完早餐，焚香，改稿。

晚上去古城，比起白天，人山人海。吃包浆豆腐、牛肉饵丝。发现一家极好的茶器店。门面洁净，东西好看，价贵。老板亲自坐镇，看起来神色有些清高。壶杯罐器是少见的清雅优质。我已失去买昂贵美丽器物的兴趣，觉得欣赏一下就很满足。

惜福地生活更心安。美是无止境的。看看就好，不必占有。

七

小姑娘怀念法国旅行，想给她的房间贴上凡尔赛风格的壁纸。我们一起去家居城找壁纸。我通常都会满足她对审美的要求，这涉及孩子想象力和情感的发展。小女孩的房间应该有壁纸。由她选定蓝色大花的典雅壁纸。

我们经常整天宅在家里。晚上她在厨房专心致志、默默无言做手工，把几个废弃的胶带空壳装饰成小盒，涂上花纹图案。叠了满满一袋纸鹤，一只一只粘贴点缀楼梯。她喜欢手工和创作。

午后煮一锅红枣汤。突然稀里哗啦下大雨，花园树木花草开始悸动。

盛一碗，在室外露天阳台的竹凳上坐着，一边吃，一边看大雨中的花园。玉兰树、竹子郁郁葱葱。下了十几分钟，变成细雨，太阳重新开始照射。变幻不定的天气充满情趣。

一间很小的榻榻米小房间，窗外是院子里的大樱桃树。这个房间几乎没有放什么东西，是一个避静空间。可以读经，也可以休息。在这里除了干活、坐阳台上发呆、晚上诵经，几乎无思无虑。也很高兴暂时可以把北京的事情都忘记。在这里太容易无所事事，漫不经心，放松舒适。

以前常有一种想法，我还不配过这样的生活。我认为自己应该有某种程度的受苦，比如有强度的写作，某种紧张与压力所促动的前行，内心的严格与要求。而在这里的人都对自己太好。但我终究会在二十天左右回去。这段时间等安顿下来，打算读完整本《清净道论》，以及带小姑娘去附近古村做几次短途住宿旅行。

基本上我认为在北京的生活类似闭关，因为外界生活条件乏味而能够静心学习、写作。而在这里，是真正脚踏实地生活，感受人间土地的自在滋味。这两者目前来看仍只能各司其职。

八

晚上有时会看电影。

每当看到各种烂片，就想到一个老头儿在书里说过的话，他说，这个世界上大部分的人都是机器人，他们不需要觉知、自我发现、改进的智慧，你送给他们也不会要。所以，只有一小部分是在学习。这样其实是很公平的。我居然有些相信他那独断的结论。

但也有好的作品。晚上花了两个多小时看了这部法国纪录片《人类》，一些普通人在镜头前讨论爱、和平、战争、快乐、同性恋、贫穷、死亡、人生的意义等诸多看起来宏大的主题。这些主题由微小个体来体现，所谓以小见大。文学也应如此，要关注个体，关注内在感受，而这些正是被忽视的。

有些生活阶段在书中凝固，仿佛时间之流因此而保存了一个切面。这也是书写意义的一种。

晚上把《本杰明·巴顿奇事》重新看了一遍。这部电影可谓细节丰富、情感充盈、跌宕起伏（有很多可学习的地方）。喜欢的几个场景，本和旅馆认识的会游泳的女人半夜走在雪地大街上的对话，本把临死的父亲抱到海边看日出，黛西在夜色公园里为他跳舞，以及他们终于在四十三岁、四十八岁的时候相遇，度过彼此最好的几年（颇有七十年代嬉皮、激进风格）。以及黛西五十多岁时，他回来在旅馆的最后一次记忆清楚的相会。

导演很有耐心，一层层推进、铺开，不慌不忙。贯穿始终的是两个人之间的爱，但其间穿插各个配角带来的传奇，可谓核心专注、波澜迭起，深深感受到美国电影的思想意识岂止超越国产片多少个等级。国产片沉溺在玄怪、恶作剧、恶趣味、小鲜肉、暴力意淫之中，似乎从未这样深邃而真切地去探讨过永恒、时间、真爱、生命价值这样的主题。

本杰明离开黛西以后，骑了个摩托车，最后流浪到印度。他们真去恒河边取外景，他站在河边用杨枝刷牙。他一定也去学习了藏传佛教，细节太多拍不过来了。印度在欧美人士当中是心灵的栖息地吧。皮特最善于演这种四处漂泊的浪子角色，与《燃情岁月》中的角色极为相似。但浪子游荡一圈以后，一定回到爱的人的身边。这好像也是美国电影不变的价值观。

这一次在电影中看到他们拍了印度好几分钟的镜头，还是很喜欢。

电影里说起一位老奶奶，曾教本杰明弹钢琴。说她戴着一只钻戒，每天都打扮得很漂亮，好像要外出。但事实上从不出门，也没有人来看她。她教他弹钢琴，说，重要的不是你如何弹琴，而是你弹琴时候的感受。

九

今日爬山四个小时，有些累，取回一瓶山泉煮茶喝。

集市买一个鱼头回来炖豆腐吃。无花果要下市，价格涨到十元，仿佛是树上的最后一些果子。大丽花是极爱。

这几天心里安静，改稿速度略快，工作效率佳。买菜、做饭、烤面包、工作、做功课，安静度日。

刚刚从树上摘下来的果实，叫香橼。气味芳香，可以入茶，可以蜜渍。放在床边。

一壶一杯，自己喝茶。有微妙的纹理与质感，拙朴。

十

朋友发我几首某诗人在大理写的诗，写得不算差，但还是觉得有些多余。

雨滴打在池塘、竹林、土地上，树木花草欣欣向荣，山岭云雾变幻无常，天地开阔万物生息，大道已经展现在眼前，不需要任何人为的思想造作。喝杯茶好好看，静静听，干点平淡的小事足矣。

早上坡地三公里，强度比平地五公里大，很快身上渗出一层汗液。如果以后常住，这样早晨每天坡地健行五公里，应该体力会增强，并且肌肉结实。

本来以为自己到此地会读书、写作，而事实上，除了埋头于家务，闲时喝茶，一页书都没有读过。有预感在此地不能完成任何作品，而只会成为一个想着买花苗、买树、搭木架、不停忙于琐事的农妇。在北京写了很多本书，大概因为环境恶劣无杂事可做只能埋头于文字世界，一有机会就胸无大志。

北京这几日据说高温、雾霾，再加上车流滚滚高楼大厦，除了封闭在家写作、读书，没有什么选择。八九月应该还是有希望改完长篇。

昨天朋友送来一些乳扇和土豆，很好吃。香格里拉买的当地木碗用芝麻油浸泡，干燥之后可以用来喝奶茶。

五花肉、银杏、扁豆、土豆炖一锅农夫饭。沸点低，烧水温度不高，炖肉不怎么烂。

十一

路过小店，看到旧松石项链一条，松石也不算品质佳，但莫名吸引我，有温润包浆柔光。买了就戴上。

早起爬坡，剥银杏煮粥，磨核桃糊，雨中种花，把咳嗽治愈了。没有任何娱乐或交际。素来不看电视，没有新闻，隔离人世，不用参与游戏规则。看了几本好书，长篇毕竟是到了尾声，想把给孩子看的书构思起来。

想着我以后终究是会离开北京。但以后会结束在异乡的哪一处土地，还不知道。

早上去山上，在山坡上看见野生茶花树，泥地上撒满白色花瓣黄花蕊的野茶花。这是童年时候就见过的花，泥地上密密麻麻，有些已经腐化。看了很久。

古村里荒废的庙堂其实是儒释道并存供奉的。野草花树蓬勃野性恣意生长，十分破败，却有一种奇异的清净与吉祥的气场，让我停留其中久久不愿离去。是的，就是有那么一股气，很微妙，很强烈，不知道是什么来由，把人稳妥地包裹缠绕，心中安静分明。

"上善若水澄潜混沌浑沦"，一句楹联。

十二

梅鹿竹茶罐，核桃与栗子打成饮料，大丽花和丁香，夜雨，上坡，石竹花，泥鳅，一日一本书，烤面包，白菜豆腐，日诵课，药，种葱，石榴皮做酵素，洒水、灌水，竹编篮子和簸箕。

洗头发。

种下月季和桂花。

十三

在大理经常会觉得饿。也许是很少吃肉以及不油腻的原因，当地大多吃猪肉（但我一直觉得猪肉是最差的，一般都不吃）。土鸡蛋两元一个，在集市买了十个。

想起来小时候在外婆家吃的都是院子里母鸡刚生出来的热乎乎的蛋，现在成为奢侈。小时候度过的乡村生活，饭菜用柴火烧，井水浸泡西瓜，炉膛灰煨一晚上的米粥，溪涧里鱼虾蟹抓回来就吃了，稻田里还能摸到田螺，周日跟着大人步行十公里山路去镇上教堂。这些经历让我的生命留下底子。

卖给我大丽花的老妇，今天水桶里带来五六捆更为艳美的鲜花，是大丽花、夹竹桃和不知名的花朵捆绑在一起，美不可当。我担心买菜时间长，让花枯了，想着离开市场时去买。回去时，一个浓眉大眼的男子刚好买走最后一束花。我迟到了两三分钟。老妇说，明天你再来，花都是自己种的。上次则完全不同，我离开时去买她的大丽花，她一束都没卖出去。

白天除了去集市买菜、做饭、整理花园、烤面包、洗衣服等日常家务，有时就写作以及阅读。

完全没有交际、娱乐，不看电视，不看新闻，与外界保持隔离。

附近家里有个男童，白天没有声音，一到晚上就必然不停哭闹，太不乖了。小姑娘小时候从不这样，她是个吉祥的孩子。

凡我所见过的女孩在年轻时候没有对母亲不叛逆的，尤其是那种"爸爸的女儿"。这种情绪以后会越来越强烈。但对我来说，第一要义，是她成为一个能自益益人的独立个体。我也不是把亲子关系放在情感中的第一位。第一重要的是伴侣，老了相伴的人，能够在一起种菜养花搭花架散步爬山的人，肯定不会是孩子。但是要对孩子负责，知道什么是对她好的，在感情上对她毫无期望。

十四

今天去县城市场寻找竹编提篮，顺便感受一下当地商业街的气氛。在县城，感觉气氛中心也很安静。想起去南法一路住过的奢华酒店和吃过的米其林，发现这两种感受其实无二无别。整体上它们完全一味，十分平等。

外界的变化基本已不起作用。重要的是，人到最后要能够静默地活着。

在花园整理花、树的时候，体会到一种内心充盈的安宁，不需要用打坐去巩固这感受，它是自发生起的。有时会在花园里默默地坐上一会儿。

终究过些日子要回北京。在花园种了两株月季、一株在集市买的小桂花枝，还有绣球、蜡梅、紫藤、大丽花、茶花、栀子。我也并不是什么花都喜欢。今天路过一个老妇，她卖自己盆栽的花草，看起来盆盆都养得好，所以又买下三盆。

打算离开之前都种在花园。在野地里，有雨水、阳光，希望它们自给自足。

下午街上吃碗饵丝，看到结实小个儿的野生枇杷。各种新鲜当地蔬菜、竹笋、蘑菇、玫瑰花、罗汉豆，都想吃。古城只有热辣辣的太阳，游客非常少。老外开三轮车，带着中国老婆和两个混血孩子。朋友介绍说，他们有些领一千欧元的救济金，在大理过得非常好，又介绍谁谁、谁谁谁也住在这边。

对我来说，是因为阳光、山、海、云来的，即便以后来住也不想交往什么人，做点事能聊以度日就可以。

今天认识的这一对，两个人合伙做西餐店、室内设计，从北京搬到大理，不要孩子，努力工作，认真生活，彼此看起来很恩爱，让人感觉很好。

十五

上午把冰箱里剩余的肉皮熬出一小锅猪油，等下次过来炒蔬菜用。

打扫整理房间，把茶器收进柜子。做最后一顿饭，土豆肉汤、清炒野菜、用种的新长出来的香葱炒最后几个土鸡蛋。收到最后一个快递，是订的雪平锅和铸铁煎锅、砂锅，都好用，煮出来的东西好吃。

栽了一株克莱尔白色月季，三五天就生出花苞，开出第一朵花。到明年它应该比现在大一圈。把在集市买的桂花苗种下，等回来时不知道它会不会长高一些。以后再种石竹花、白色月季、丁香、茶花。每次离开时觉得对这个房子充满感情。

花园里种了两株月季，一株桂花，一株大丁香，一株素馨，一株玻璃翠。下次来它们应该变大变高。

「水中写字」

一

我在一九九八年左右开始写作，又也许是一九九六年。总之，是互联网刚刚进入国内的一个新兴阶段，地球上空间的距离、信息的差异，因为网络而互相交会，这是全新天地。这种变革在当时可说是巨大。

起初上网的人并不是很多。我写些小故事，随心所欲地把它们贴在网络空间，读者则基本上是海外留学生、外贸行业人员、程序人员。这些人是我的第一批读者。他们写来表示欣赏的邮件，传达心声，也转发我那些简单而感性的文字。

我先写些片段，然后开始用一个或两个通宵写一些小故事，大多关于都市里边缘孤僻的男女情感。不知怎的，也许里面颓废的气息，也许是某种真诚，这些文字很多人喜欢，并且渐渐汇聚成一股波浪。我被这波浪推动着，就一直继续往下写。当时我是一名银行职员，白天在一幢写字楼里工作，晚上在电脑前写作。

那时，这样做的人也不止我一个。大家的写作态度，大多自然而随性，没有野心，也不商业，没有传统文学圈子的陈腐与功利，也没有喧哗取众的企图。表达从天性流露，像植物散发气味。这也是某个短暂的时代发展过程中的新生事物。开放、纯粹，一个自由奔放、充满探索性的精神空间。

之后，随着大量人参与，商业模式进驻，各种变化发生。这种纯粹、干净而开放的氛围，便消失了。而我对被时代驱动着而被迫消逝的事物，并不惋惜，也不留恋。因为我知道世界的表象一直在变化，一刻不停。我们无法预知那些快速行进的事物最后的目的地，它们很快就变了。

而我，则因此而开始了一种新的生活。

二

二〇〇〇年，有人邀请我把这些小故事整理成一本书出版。这是第一本书《告别薇安》，以写的第一部成形短篇小说《告别薇安》为书名。

我决定从银行辞职，去上海，重新选择一条人生道路。

这对当时很多以金饭碗为满足的人来说，不是轻松的选择。对我来说，却仿佛不过是简单的道理，简单的行动。如果不跟随自己内心真实的声音去选择道路，人生的时间不过是虚度。我觉得生活并不是在一份安稳单调的工作里，去保全或维系。这反而是一种消耗。去做些未知而值得的事情，哪怕尝试的过程前途未卜，这也代表自己曾经尽力了。

开始移居，旅行，写作，学习。

我经历过很多事情，也尝试各种开始与结束。虽然这些试验里，有大量的波折、艰辛、孤独、波折，以及应对各种变动与情绪带来的冲击……但，回头看看，这一切经验，应是上天给予的最好的发生与试炼。

人必须在年轻时经历这些，真实而具备勇气地去生活，体验与探索自己的个体生命。由此获得成长。我没有在自己的青春中安逸与停顿过。也许是没有机会，也许是自己内在那股力量与生俱来。

陆续写了二十本书，受到喜爱，也饱受争议。有二十年来一直惺惺相惜的读者，也需要像佛陀所言，"穿着忍辱的铠甲"，接受各种误解、扭曲、贬损、冷嘲热讽。我习惯在文字中对公众敞开，分享心中的观点与见解。我知道自己会与不同的人发生不同的连接。遇见的一切就都让它们发生。

只需要接受这些发生。

对我来说，重要的是通过写作，在自己的心里实现某种创建、构造、探索与结论，以此来完成此生需要面对和解决的一些议题。

二〇一九年一月出版的《夏摩山谷》，也许是二十本书当中的核心作品。在里面我留下二十年写作总结性的一些观点。我一直在向读者介绍、推荐这本书，是因为自己的写作之道，意义有一半多都存在于这本书之中。这是一个攀爬的过程。

每本书都是每个阶段探索与体悟的标记。回顾前路，翻山越岭，一路艰辛。但皆有所得。

读者如果能够对一个作者的心路具有清晰而真切的了解，也会更容易从书中得到属于自己的回音。我希望以书为桥梁，让更多人了解、认识到一条通往自我本源的道路。当他们读完这些书，能从中得到一些启发。

三

二十岁左右，我还在上学，经常在假期去打工。

打过比较长的工，是在住家附近的露天大型冷饮店当服务员。自己过去问，要不要用人，然后被录取了。工作是招呼客人，记下他们点的冷饮，端盘子，清理桌面，结账。每个晚上工作四五个小时。忙碌的时候，时间过去很快。深夜，众人离开，摊子结束，我打扫空地上的垃圾，把椅子一张张倒扣到桌子上面。收拾干净之后，独自骑自行车回家。

这种单纯而充实的劳作使我觉得愉快，而且还能拿到酬劳。因为干活勤快，动作麻利，月底结算时，我拿到的钱很多。这些钱我就花了，买书籍，买音乐卡带，有时买喜欢的裙子。觉得这几百块钱真是富有极了，能买到很多心爱之物。

之后去当电台接线员、餐厅小时工，都是自己去做，父母并不知晓。但做这些也并不只是为了挣钱，在经济上没有太大压力，欲望也不多。只是觉得身心精力充沛，需要释放，不使用出去觉得压抑。后来开始写作，也是这股内在的生命力顶撞。在行动之中人是成长最快的。

对写作来说，有些素材需要行动，来自亲身的实践与经验，到处游历、学习、自悟，也与孤独相处。在有形的世界漫游，也在无形的世界漫游。还需要对他人的观察与关心。

我时常收到陌生人的来信，得以了解更多来自他人的心境。即便有时宅在家里形同闭关，但通过这种交流，不出门也知道其他地方在发生着的他人的生活。当人隐藏于心的痛苦从文字背后扑过来，我深切地体会到，人的生活大抵上都充满苦恼。人的痛苦，埋在身心深处，只是没有得到机会去表达与释放。

若不想受苦，是个漫长的学习过程。学习是为了卸除恐惧，得到信念。

二〇〇六年，人生有一个分界线。这个分界线以长篇小说《莲花》的出版为标志。

我在二〇〇六年前，写过很多故事。那时的故事，大多围绕年轻生命的议题，比如，原生家庭带来的阴影、内心的迷惘、个体的孤独感、在恋爱关系中的冲突与摸索、对外界的质疑、对物质世界与情感的交战体验，也包括最初的以写作去进行哲理思辨、内心认知的尝试。

在那些故事里，性与爱，软弱与执着，苦痛与孤独，是较为侧重的表达。这也是我自己在人生早期所观察与面对的重要议题。我以此为原点，去观察，知道这些是普遍性的问题与困惑，是人类需要面对的自我之黑洞。

大致上，依靠的工具有两种：物质世界的解决之道，内在探索的心性之道。

那些早期的作品，感动与抚慰着一群年轻人。阅读让他们意识到，自己的所思所想，自己内心的负担，以及那些被冲击与被捆绑的情绪和感受，并不是唯一的经验。事实上，这是一种普遍性的生命体验。

共鸣因此带来某种疗愈与释放。

四

如果人们在某些时刻，刚好从物质世界的种种形式或表象的覆盖之下逃脱，他们会回到自己的心中，听到心的发问：活着是为了什么，爱是什么，如何去活着，如何去爱。这是人类的基本问题，是古老、深远、神圣而清晰的发问。

当他们清醒的时候，也许会试图回答这个问题。即便过去有很多答案可以参考，有不同的观点提供着各自的认知。最终，人需要得到的体悟，只能通过动身去寻找。

作为写作者，写作也是某种形式的动身与寻找。

我的那些早期情爱故事，从《告别薇安》到《彼岸花》《二三事》，基本上是以男女情爱为工具、为主线，辐射性地探讨大量其他的人生议题。但我也发现，在自己的生命中，曾经很迫切很重要的一个问题也是，我很想知道，爱到底是什么，如何去爱，怎样才能让自己有真正的爱与被爱的实践。

我以前甚至觉得自己的一生，是为了解决这个问题而来。因为这个问题对我非常重要。后来我得到了自己的答案。

在《夏摩山谷》里面，我把前二十年写作的旋涡式上升的探索之途，指向一个方向。真正的爱，它的样子，以及人如何用宝贵人身，为自己的心性、灵性、本性服务。

五

二〇〇六年出版的《莲花》，是我的第三部长篇小说，也是正式的分界。

我的人生自离职开始写作、旅行的那一次选择之后，再次进行一次选择。我意识到人的选择并不是纯粹由自己发力和自主，有很多综合性力量在驱动、引领。要感知到这些引领，前提是净化自己，真心诚意。而不是只看到物质世界的有形表象，执着于它们，也为执着于它们的自己所自满自足。这是一种无知与盲目。

《莲花》当年出版，被选为十大华文小说。我本人却并不知道。我在街头看到某小书摊举着一块纸牌子，上面用手写字写着我当时的笔名——安妮宝贝，以及《莲花》。当时它很畅销，感动很多人的心，也让他们思索是否可以走上身心的探索之道。在这部长篇小说中，有严肃而真诚的生命思考与追问。围绕的仍是人类的古老核心议题，爱是什么，如何活着。

我认为以文字去进行这种人类的古老核心议题的讨论与表达，是写作之道、文学之道。这是它们应有的纯粹与原貌的价值。

不管经历过什么时代，经历过再多沧海桑田的变革或发生，物质形式的一再更新或更替，写作的心灵价值恒久不会过时。

写作代表着心灵价值的流动与传承。文字是为这些而服务的。

当读者阅读一本书而流泪的那一刻，他们经由文字而体验到自己的本性。这是一种深度的相会。

我希望有更多的年轻人来阅读《莲花》《夏摩山谷》，并非是因为我是它们的作者而格外执着于自己的成果。我并不执着于自己写作的任何一部作品，它们如同水中写下的字，如同风中吹过的尘沙，在众多先人及圣人的言论之下，是不足一提的。

任何一个写作者也都没有新发明，也没有新故事、新主题，日光之下，从无新事。

我只是希望年轻人们能够从他人走过的轨道之中，得到启示、启发。在这些作品中，得以回归自己内心的道路。听到心的发问，听到心的回答。在现在这样一个物质至上、真相不明、动荡起伏、价值观混乱的时代，对人来说，没有比回到自己的本性，重建自己的心灵架构，更为重要的事情。

与自己同在，相信本性之道。